Ludwig Weibel
**Das Prächtige
im Keimen**
Inspirierte Aphorismen

Bibliographische Information der Deutschen Nationalbibliothek. Die Deutsche Nationalbibliothek verzeichnet
diese Publikation in der deutschen Nationalbibliographie,
detaillierte bibliographische Daten sind im Internet über
http://dnb.dnb.de abrufbar.

© 2020 Autor: Ludwig Weibel
Herstellung und Verlag:
BoD – Books on Demand, Norderstedt
ISBN 9783755755562

Ludwig Weibel

Das Prächtige
im Keimen

Inspirierte Aphorismen

Inhalt

1

Deines Seinserkennens Situation

1.1

Keine Wohnung ist zu klein für dich, sofern du mit mentaler Grösse punktest im gesegneten Allhier.

Was glaubst du, dass du *Bist*, ohne im geringsten von Mir abzuweichen, in deines Seiens kleinkarierter Strategie?

Die guten Mächte sind weit in der Überzahl, du musst sie nur zu dir berufen.

Wer blamiert sich mehr als du, wenn dein Kamm beginnt ins Unermessliche zu ragen?

Aus nichts wird nichts. Doch dazu hätte Ich dann auch noch was zu sagen.

Kartoffellos kannst du dir keine Rösti braten, desgleichen wird es ohne Mich für deine Seele nichts zu beissen geben.

Wahnfried heisst das Schloss, dem lauter Illusionen schöngefärbt entspringen.

Wie machen wir das nur, dass die leidbelästigten Gemüter wieder zu sich selber finden?

Höchste Eile ist geboten, wo es um die Rettung deines Ich-Bewusstseins geht.

Ich trage dir nichts nach, wenn du Mir davonläufst im Bewusstsein deiner Überheblichkeiten.

Wiederholt muss Ich dir sagen, wie prekär die Lage ist in Bezug auf deines Seinserkennens Situation.

Wie heissest du, wenn Ich dich kennenlernen will?

Was hast du denn verbrochen, dass du dich vor Mir verbergen willst?

Ich schaue lange zu, doch einmal muss Ich handeln, um das Gleichgewicht nicht zu verscherzen.

Die Kunst des Wartenkönnens ist Mir eigen, wie kläglich aber dir.

Ruchlose sind auch Menschen, aber der Geschmack fehlt Ihnen.

Die Kommenden sind die, die schon seit langem ihre Zukunft vorbereitet haben.

Was fällt dir ein, so ungeniert in Meinem heiligen Dominium herumzurohren.

Im Wesentlichen sollst du dich mit Vorteil
an Mich halten.

Gewissheit gibt es nur in Mir und
Meinen Präsentationen.

Gekünsteltes ist immer unglaubwürdig
deinem werten Umfeld gegenüber.

Für deine Leistungen hab Ich ein offenes Ohr,
doch sollten sie mit Meiner Ehre sich vergleichen.

Kunstvoll und erhaben sind die Werke Meiner Wahl
und desgleichen sollen deine sich verhalten.

Die Probleme sind in dir begründet und bedürfen
einer Reinigung durch gottgefälliges Benehmen.

Ganz gewiss Bin Ich bei dir, wenn es darauf
ankommt, dir die ultimate Hilfe zu gewähren.

Nicht mehr und weniger als Meine Gegenwart
ist die Gewähr für deinen veritablen Fortschritt
in der Lebensprozedur.

Was stimmt ist immer auch
mit Herzensstimmung und Genie verbunden
in der globalen Seinsphilosophie.

Bald kommt dir zum Bewusstsein, dass du Bist
in allen Daseinsfunktionen.

Was sträubst du dich denn Meiner Sittsamkeit
entgegen, die so viel Harmonie und Herzensfrieden
generiert?

Zuletzt ist immer Mir ums Lachen,
ob der Selbstgefälligkeit
der menschlichen Gemüter.

Wie Ich dich kenne, glaubst du immer noch, dich
selber tüchtig durchzuschlagen, derweil *Ich* alles für
dich tu`.

Mit Rat und Tat steh du zur Seite denen,
die sich nicht zu wehren wissen.

Wohin gehen deine Wünsche, bis du einsiehst,
dass sie sich am besten zu den Meinen schlagen.

Dein Wille zum bewussten Überleben wird gestählt
durch jede gute Tat.

Was nützen dir die Opfer, die du bringst,
wenn sie nicht zu Mir erhoben werden?

„Libera me Domine", ein guter Einfall für dein
Wirken in der Zeit - für Ewigkeiten.

Was kannst du noch begleichen, wenn du nichts mehr hast auf deinem Konto der Gottseligkeiten?

Ich schaue dir ins Haus, auch wenn du es verschlossen hältst mit dicken Fensterläden.

Für dich kommt nur das Einigsein mit Mir und Meinem Resümee infrage.

Dringst du beharrlich in dich selbst hinein, so kannst du schliesslich Mich dort finden.

1.2
Wie willst du reüssieren, wenn du den Weg zu Mir verschlossen hältst?

Kurze Wege ziehen sich oft in die Länge, so dass die langen kürzer scheinen.

Gesetzt der Fall du hast dich selbst verloren, findest du dich endlich in Mir wieder?

Ist es auch ratsam, nicht zu nahe an den Rand zu treten, so winkt dir doch die Aussicht, es trotzdem zu tun.

Beinahe hätte Ich vergessen, dich in Meine Rechnung einzuziehn, so still und unscheinbar bist du vor Mir geworden.

Trägst du dich noch immer mit dem köstlichen Gedanken, Mir vollends zu gehören? Dann ist alles aufgegleist für deinen Einzug in Mein Geisterheer.

Der Hang zum Bessern soll dich ständig durch dein Sein begleiten, vor dem himmlischen Altar.

Mon dieu, wie wacker musst du noch
ins Unbekannte schreiten, bist du
Mich gefunden hast in dir.

Wie weit das All auch immer sich erschlossen hat, Ich verschliesse Mich in ihm, Mein Sein zu approbieren.

Ich lächle über deinen Eifer, die bescheidenen Gemüter zu verdammen, denn sie hängen trotzdem alleweil an Mir.

Die Lebenszeit ist länger als du denkst, weil sie dich meistens schlafend findet.

Geh in dich, damit du nachher umso besser aus dir schreiten kannst.

Was auch nicht ewig währt, wird einmal doch vor
dem Allewigen erscheinen müssen.

Die Sache trägt zum Jux nur wenig bei,
der Jux an sich muss tragen.

Plausibel ist nur, was auch ein normaler Sterblicher
begreifen kann.

Kaum einer sieht sich in der Lage dir zu helfen,
wenn deine Seele schief im Lebensrahmen steht.
Nur Mir kann dieses Kunststück noch gelingen.

Jeder Morgen trägt dir Meine Güte zu
im Allumfassen.

Was gilt`s, ist das Seinsgewitter wieder abgezogen,
kannst du unbeschwert und heiter deinem Tagwerk
frönen.

Leader werden ist schon schwer,
Leader bleiben noch viel mehr.

Deine Künste sind nicht mehr gefragt,
sowie der Kamm dir allzusehr geschwollen.

Im Niemandsland der Traurigkeiten Bin Ich
der Einzige, der deine Seele noch befrieden kann.

Hast du die Ruder eingezogen, treibt dein Boot
in aller Ruhe Mir entgegen.

Wer dich trägt, trägt auch des Himmels
unzählbare Sterne.

Was gewinnst du, wenn du dich an Mich verlierst:
Alles in des Seins unendlichem Gepräge.

Niemand kommt bei Mir zu Schaden, wenn er sich
seinskonform und loyal benimmt in seinem
delikaten Jagdrevier.

Prestigeträchtig tauchst du auf am Himmel der
Gerechten und kehrst arg gebeutelt in den
krisenhaften Alltag wieder.

1.3
Sieh zu, dass du nicht stürzest in den eignen Pfuhl.

Kapitale Werte sind allein mit hemmungslosem
Aufwand zu erringen, wie auch Meine
im unendlichen Gewoge.

Drückst du dich um Mich herum, kommst du
unweigerlich in seelische Bedrängnis
in des Lebens Zauberladen.

Gross und gütig will Ich dich umfangen,
wenn du nur die Arme zu Mir hebst.

Wenn du versagst, kannst du auch
nichts mehr Gutes von Mir sagen.

Qualität ist angesagt, wenn du willst
an Meinem Hofe Handel treiben.

Mitnichten Zufall ist es, dass Ich dich dorthin,
wo du nun bist, beordert habe.

Vor allem achte darauf, deine positiven Wertungen
zu pflegen.

Sogar von deinen Feinden solltest du nur
Gutes reden, weil sie dir zum Entfalten Anlass sind.

Momentan scheint alles gegen dich zu stehn,
doch balde wird sich alles, alles wenden.

Wie willst du da noch hoffen, wenn du dich von Mir
entfremdet hast mit deinen Kuriositäten.

Mein Wissen strömt in deines über, sowie du
für Mich offen bist in deinen Lamentationen.

Die Wende folgt dem Willen auf dem Fuss,
seinsgerecht und lupenrein zu leben.

Typisch deutsch mag deine Heimat sein,
aber menschlich bist du überall im Weltenleben.

Wie willst du Mir erklären, was dir in diesem Falle
richtig scheint, wo Ich dich doch
damit zu Fall gebracht.

Wenn du Münzen sammelst, sammle doch
zuvörderst jene, wo Mein Antlitz dir entgegen-
strahlt.

Wie wird der Bock zum Gärtner?
Anhand der Benediktionen, die Ich ihm gewähre.

Deine Wohlfahrt hängt von der Gestilltheit ab,
mit der du durch den Lebenstag spaziert.

Ich Bin die Ruhe selbst in diesen aufgeregten
Erdentagen.

Neue Werte zu erringen gehst du aus
und kehrst mit vielen altgewohnten wieder.

1.4

Kein Unterschied, ob du im Dom Gebete murmelst,
oder einen Unbeholfenen zur andern Strassenseite
führst. Netto sollte für dein Seinserfahren eine
positive Wende eingetreten sein.

Ich übernehme deine Hirtenpläne,
sonst stolperst du an ihnen.

Magnetisch ziehe Ich die Meinen ins
glückselige Vereinen

So oft du an Mich denkst, blüht eine Blume auf
am Wegrand deiner fulminanten Taten.

Sei dir bewusst, dass alle deine Meistertaten nichtig
vor der einen sind, Mir zu gehören.

Den Reiz des Tages nicht verpassen solltest du,
trotz deinem Wust von Eigenarten.

Auch mit Miniaturen kommst du gross heraus,
wenn sie was taugen.

Wie zahm benimmst du dich, um deinen guten Ruf
nicht zu verlieren.

Sooft du an Mich denkst, gehst du deinem
wahren Selbst gewissenhaft entgegen.

Das Konstante, wie das Flüchtige,
sind Eigenschaften, die dir wie Mir in unisono
zustehn seit Äonen.

Die Wirbel um dein Wesen sind natürlich von Mir
inszeniert, um dich zu höherer Bewusstheit zu
erheben.

1.5

Intakt ist nur, was Mich betrifft, in Meiner Höhen
Eleganz und Wundertüte; dir aber fehlt bei Gott
noch lang der Schliff dazu.

Mit Mir und Meinem Syndikat lässt sich gut leben,
versuch es doch einmal.

Trotz des Wissens kommst du oft nicht mehr voran,
dann aber hilft dir das profunde Seinsvertrauen
wieder.

Makabres wird oft mit dem Delikatem über einen
Leist geschlagen; ist es weiter nichts, lass Ich es
gerne zu.

Der Lindwurm mag auch kleine Kinder,
doch der Moloch Zeit frisst selbst die gandiosen

Was wirkt, ist immer auch mit Kraft verbunden
in des Lebensringens resolutem Stil.

Deine besten Pläne werden ja mit schöner
Regelmässigkeit durchkreuzt von Meinen
magistralen.

Solang es dich gelüstet, dich hinauszuwinden, wirst
du es auch tun, trotz der Erkenntnisse auf Meines
Seiens Spur.

Wachsam Bin Ich immerzu, derweil du allzuvieles
noch verschläfst.

Recke dich und strecke dich,
trotz dauerndem Gefährden, Mir entgegen.

Die Tücken deines Alltags sind erst überwunden,
wenn du sie zu Meinen stilisierst,
in deiner subalternen Seinsphilosophie.

Klugheit muss von Weisheit überboten werden
in der Menschen Krippe, Krux und Prüderie..

Partielle Finsternis herrscht alsolang in dir, wie du
des Lichtes nicht gewahr wirst, das Ich dir inniglich
versende.

Lebst du gut, so lehre Ich dich besser und
beständiger zu leben in der delikaten
Gottesharmonie.

Keine Ängste werden dich durchwallen,
weil Mein Mantel dich vor jedem Ungemach
bewahrt.

Null und nichts geht dir verloren, wenn du alles,
was du hast, Mir anvertraust zum freien Über-es-
Verfügen.

„Pardonnez-nous", lispeln deine Lippen,
doch auch dein Herz muss Mir dasselbe sagen.

Mittlerweile hängen auch bei Mir die Trauben höher
für dein bodenständiges Verlangen.

Auch in der Mehrzahl ist das Einigsein mit Mir
verborgen.

Auch in diesem Winkelchen des Weltalls lass Ich
dich bei Grün die Strasse sicher überqueren.

Ich verleihe dir die Kraft, sowohl an dich wie Mich
im selben Zug zu glauben.

Klammheimlich steh Ich dir mit Rat und Tat zur Seite
in der Tage Lebenslust und merkantilem Dich-
Vertun.

Mein Wort gilt mehr als tausend Deklarationen
auf dem Feld der figaланten Potentaten.

1.6

Unaufhörlich ziehe Ich die Meinen in den Bann
des lebenstüchtigen Sich-Mir-Vereinens.

So oft du an Mich denkst, bedenke Ich dich mit dem
Lichthauch Meiner Geistesgaben.

Modell für alles Bin Ich dir in deinem wunderfitzigen
Dir-selbst-Genügen.

Deine Art zu sein, soll sich von Meiner nicht ein Mü
mehr unterscheiden.

Trete niemals kürzer, als *Ich* es dir in
Meinem Weistum und Gebot empfehle.

Das Regelmässige besinnt sich auf den Vorteil,
den es gegenüber Fluktuationen punkten kann.

Melde dich bei Mir sowie du dich dazu entschlossen
hast, deinen Eigendünkel aufzugeben.

Mit Mir ist nicht gut Kirschen essen
auf dem Feld der Illusionen.

Die Bewusstheit, Meine Lieben,
ist dann eben unser Paradies.

Weisst du denn, wie sehr Ich danach trachte,
dich bewusst zu wissen?

Produktiv im wahrsten Sinn des Wortes kann nur Ich
sein, weil Ich weiss, wonach Ich strebe.

Das Verheissungsvolle ist nicht immer das
Gediegenste, das du dir wünschen kannst, dazu
müsstest du wohl Mich befragen.

Was kostet ein Gedanke? Gar nicht viel. Aber teuer
wird es, ihn zur Wirklichkeit zu führen.

Wägst du ab, was dir am Meisten nützen könnte,
rate Ich dir, dich auf *Meine* Ansicht festzulegen.

Was kommt dich an, so dezidiert dein Portefeuilles
zu beklopfen, wo doch nichts zu finden ist darin.

Auftakeln kannst du dich dann immer noch,
wenn du bewiesen hast, wie gut man dich für alles
brauchen kann.

Was unter deiner Würde ist,
sollst du nicht in die Finger nehmen.

Mit deinem Renommee geht's wacker und gekonnt
voran, bis in die höchsten Dekorationen;
wenn sie doch nur immer hängen blieben.

Trampoline sind für Kinderchen besonders attraktiv,
derweil sie wie von selber in die Höhe schiessen.

Die Kaufkraft ist im Schwinden, kaufe sogleich alles,
was dein Herz begehrt.

Nur gemach, wenn du auch keinen Finger rührst,
wird sich die Welt doch um sich selber drehn.

In Liebessachen gibt es nichts zu spassen,
denn sie hangen merklich leichter an, als dass sie
wieder schwinden.

Mal so, mal so, doch immer mit dem Schirm,
für alle Fälle.

Klein beizugeben, ist nicht immer lobenswert, aber
meistens lässt sich Zeit und Geld damit ersparen.

372
Rufst du dein Vaterland, so wird es dir schon
irgendeine Antwort geben.

Wie wird es dir dereinst ergehn, wenn deine Zähne
klappern und dein Image zu verblassen droht?
Ich bekenne Mich zu dir, selbst wenn du Mich noch
lange nicht erkannt hast in den gloriosen
Geisteshöhn.

Was sich neu für dich ergibt, ist meistens schon für alle dagewesen.

Ich lebe im Bewusstsein, dass Ich Bin ein unerschütterliches Geisteswesen.

Der Rosario mag dir nicht viel bedeuten, ein Blumenbeet geschmückt mit Rosen aber schon.

Der Selbstbeherrschte nehm` sich wohl in acht, dass er nicht beherrscht wird von den eigenen Durchtriebenheiten.

Bekömmlich ist das Leben erst, wenn du es begriffen hast, mit deinem Sinn für Geistesqualitäten.

Wer redlich reüssieren will, wird redlich auch von Mir beraten.

Inständig bitt` Ich dich, auf deiner Seele Sein mehr Sorgfalt zu verwenden.

1.7
Was weisst du von der Schönheit eines zärtlichen Begegnens, ohne seinen Zauber je erlebt zu haben.

Minutiös treibst du die Selbstverwirklichung voran
und bist deiner Himmelfahrt darob abhold
geworden.

Wie schaffst du es, so wissenschaftlich vorzugehn,
wo doch deine Kenntnisse von Mir noch arg
im Ungewissen liegen?

Eigentlich ist nichts gesichert, als Mein Wort,
als sagenhafte Geistesgabe.

Was wärmt dein Herz mehr, als die liebevolle
Anteilnahme, die *Ich* dir stets gewähre.

Wie benimmst du dich Mir gegenüber, wo *Ich* dir
Meiner ganzen Weisheit Seim verliehen habe.

Besondere Bedingungen sind auch für dich nicht
vorgesehn, du selber schaffst sie alleweil zu deinem
Nutzen oder Schaden.

Leichthin lässt du treffliche Gelegenheiten fahren,
in das reine Sein zu steigen, lichterloh.

Was schnatterst du daher, wo es doch soviel
Weisheit zu verkünden gäbe?

Petri Heil, ruft mancher, der da fischen geht.
Wird er derweil auch etwas fangen?

Das Mysterium des Lebens wird nur jenen
offenbart, die es innig lieben.

Willst du, wo *du* bist, verharren,
folgt die Wende nimmermehr.

Von so wenig hängt gar oft so vieles ab, dass es
wohl weiser ist, auf manches zu verzichten.

Deine Ängste sind meist unbegründet,
wenn du ihnen unverblümt entgegengehst.

Hauchdünn wurdest du gewählt, dann aber
hast du dich durch dicke Post zu wühlen.

Zu schön wars, dich so aufgeregt zu sehn,
wegen einem Gauner im Quartier.

Momentan läuft nichts zu deinen Gunsten,
aber irgendwie wird es schon weitergehn.

Was für dich stimmt, ist Mir egal, Ich werde Meinen
Kurs doch strikte innehalten.

Möglich ist dir alles, wenn du nur tapfer auf die
Zähne beissest, beim Gehüpfe über Meine Gluten.

Wo gehst du hin, wenn du so bockig bist,
wie ein griesgrämiger Esel.

Prolongationen bringen meistens gar nicht viel.

1.8

Ohnehin sind die Vernünftigen von Mir belehrt,
wenn es darum geht, gerechte Ziele festzulegen
und sie dann wirklich zu erreichen suchen.

Mit einem Mal bist du vom Nichts in alle
Himmelshöhn erhoben, wenn du Mich im
Seinslebendigen gewahrst.

Du müsstest ja konstant in dir erbeben, wenn du alle
deine Taten Meiner Wertung unterzögst.

Wer zuletzt weint, weint am Schlechtesten, weil er
Meinen Anruf nicht beachtet hat in seinem Wähnen.

Nichts Kleinliches lass Ich dir durchgehn, damit du
endlich das Format erlangst, das Ich in dir erstrebe.

Bist du Mir diesmal noch entkommen,
fang Ich dich sicher nächstens wieder ein.

Was du nicht aus dir selber tust, muss Ich konstant
an dir versuchen.

Das Radikale wühlt die Dinge auf und das Gemässigte legt sie zur Sanftmut nieder.

Willst du bei Mir den ersten Platz belegen, kommt es vor allem auf dein Seelenoutfit an.

Alleweil zu stänkern ist nicht schön; es wäre angemessener für dich, den Duft der Weisheit zu verströmen.

Was bewältigt du am Besten? Was dir nicht das Wasser reichen kann auf deinen Stelzen.

Bist du mürbe, helfe Ich dir wieder auf zu neuer Abenteuerlust im Schwadronieren.

In Übereinkunft mit den Kräften der Natur, lässt sich des Lebens Wohlgehalt am Innigsten erfahren.

Von Mir aus magst du lang noch Meinem Ruf nach Freisein widerstehn, deiner Ehre kommt es nicht zustatten.

Du erlebst dich längst noch nicht, wie Menschen sich erleben sollten, alleweil in Mir.

Die Grünen werden gelb vor Neid, wenn andere sie überholen.

Was wirkt ist immer auch von Mir ein Gütezeichen.

Im Wesentlichen trage Ich am Meisten dazu bei,
die Friedefertigkeit herbeizuführen.

Du kannst froh sein, wenn dein geistiges
Immunsystem noch so währschaft funktioniert.

Minutiös sollst du dein Seinsgewissen untersuchen
nach Defekten in des Lebens Sinn und Spiel

Was kann das Höchste deines Strebens sein, wenn
nicht, Meinen Standard zu erreichen.

Momentanes wiegt nicht viel im Verhältnis zum
Allewigen in deinen Dispositionen.

Die Klarsicht für Mein Offertorium sei deines
Daseins höchstes Ziel.

Womit dienst du Mir am Besten? Indem du deinem
Nächsten einen Liebesdienst erweisest.

Klärst du ab, so kläre Ich beizeiten auf, um dich
in die Geisteshöhn zu dirigieren.

2

Lästig sind die Fliegen

2.1

Vorderhand ist alles gut in deinem Streben, doch nun rat Ich dir, gewaltig zu Mir aufzudrehn.

Woran du leidest, ist desgleichen eine Leidenschaft von Mir.

Glaubst du wirklich, um die Erkenntnis deiner selbst herumzukommen? Nein, so lange musst du inkarnieren, bis du das geschafft hast, was dir heute schon gelingen könnte.

Beginn und Ende fallen bei Mir stets zusammen, weil Ich nur Unendliches vor Mir seh.

Deine Klagemauer soll nicht allzu hoch sein, damit du bald einmal darüber Meine Weiten siehst.

Den Kern der Sache treffen ist so süss, sofern er dir nicht flugs entschwindet, ob dem Freudentanz den du vollführst.

Lästig sind die Fliegen, doch deswegen hast du nicht das Recht, sie totzuschlagen

Ohne Kummer geht es nicht, doch kannst du ihn allmählich in den Griff bekommen.

Zumindest *Meine* Ansicht solltest du dir zu Gemüte führen in der Lebensplackerei.

Musterhaft zu sein bedarf der steten Pflege durch dein eigen Los.

Mordslustig findet mancher, was so in der Welt geschieht, doch Mir ist schon vieles sauer aufgestossen.

Vorläufig mag das bei Mir durchgehn, aber wenn es ernst gilt, musst du dich glaubwürdiger verhalten.

Prinzipiell magst du ja Recht behalten, aber unter uns gesagt, darf man so etwas niemals tun.

Was kreisest du da mit dem Zirkel ein? Wohl nicht deine schlimmen Taten.

Am Ende ist es einerlei, ob du das Spiel gewinnst und ob es dir misslingt, sobald in dir ein neues ist geboren.

2.2
Im Notfall könntest du dich immer noch auf Mich berufen, seinsgewisser Kamerad.

Soviel wie sicher wirst du dich verirren, wenn du
Meinen Leitvers ignorierst.

Barhaupt sinkst du vor Mir nieder, wenn es dir
bewusst wird, wer da vor dir steht.

Die Hüter des Gesetzes können sich oft selber nicht
behüten, um wieviel weniger auch du.

Das Kernproblem in deinem Leben neigt dazu,
zum Mammutbaum heranzuwachsen.

Mangel an Grütze führt oft zu verheerenden
Ergebnissen in deinem weitgestreckten Milieu.

Woran leidest du, wenn nicht an
mangelnder Erkenntnis deiner selbst
in deinen hochgeschossnen Tagen.

Der Spinner spinnt in seiner Eigenart ein Kleidstück,
um sein Outfit zu beleben.

Knollen in den Gängen sorgen für Verwirrung,
weil sie alleweil verstopfend wirken.

Die Misere kannst du nur in eigener Regie beheben.

Im Du der Welt stehst du dir selber gegenüber,
wenn du's recht bedenkst.

„Morgen, Kinder, wird's was geben",
ist ein weltenschaffender Slogan.

Nutzlos sollst du keinen Tag verbringen
auf der Bühne deiner Lebenstaten.

Alle Wenn und Aber helfen hier nicht weiter,
nur die zielbewussteTat.

Wie heisst es doch in deinem Dich-Begründen:
Marschhalt ist nicht nötig, wo die Meinen unentwegt
am Werken sind.

Tatendrang ist stets mit Meiner wohldurchdachten
Strategie verbunden der bewussten
Geisteswissenschaft in Mir.

Von Mir aus kannst du Federn lassen, wie du willst;
Ich lese sie zusammen für das Geisteskleid,
das Ich dir unablässig webe.

Was liegt daran, dass du gefährlich bist, Ich hab
schon andere Gefahren bestens überwunden.

2.3

Die Grazie des Himmels hilft dir,
elegant und rücksichtsvoll zu Überleben.

.

Tonangebend kann nur Ich sein in der
Unermesslichkeit der Universenweiten.

Bleibst du Mir treu, so kann Ich dich im Weltbetrieb
an Meine Stelle setzen.

An Meiner langen Leine wirst du
niemals überborden.

Kontraproduktiv sein lohnt sich nicht in Meiner
distinguierten Meierei.

Einwandfrei ist dein Verhalten erst, wenn es, in
Meins gebettet, nach Erfolgen fiebert.

Deine Wünsche sind nicht wahr, solang sie nicht
auf Meinem Konto figurieren.

Klugsein heisst in allen Fällen, Meinem Weg
zu folgen, in des Lebens längelangem Marathon.

Zu zweit scheint mancher besser zu kutschieren,
aber merk dirs gut: Mit Mir Bist du allein.

Willst du Grillen fangen, leih Ich dir das Netz dazu.

Mir nichts, dir nichts kann nicht eben viel vonstatten gehn in deinen wirren Kalkulationen.

Wo Berge sich erheben, musst du zuerst durch schroffe Täler gehn.

Wie viel von Mir hast du bis dato angenommen? Eine mickerige Ernte, sag Ich dir, im Vergleich zur Fülle, die Mir eigen.

Das Kastenwesen ist bei Mir nicht in, in der Einheit allen Seins, der Ich Mich verpflichtet habe.

Die Brücke hin zu Mir ist aus der Redlichkeit geflochten, die du deinem Lebensstil verleihst.

Nun stürzen sich so viele in den Güterwahn und wollen nimmer sehn, wie bald sie alles wieder lassen müssen.

Die Kastanien für dich aus dem Feuer holen kann Ich nur, wenn du gehörig darum bittest, im Bewusstsein deiner Unbeholfenheiten.

Larifari lässt sich nur mit herzlichem Bemühn um Seriosität vertreiben.

Kunstvoll kleisterst du dein Werk zusammen,
bevor es jämmerlich zusammenbricht.

Machthaber sind ja auch nur Menschen, denen Ich
präzise auf die Finger gucken geh.

Wohin du immer zielst, wirst du Mich
ganz persönlich treffen.

Dicke Post kann auch dir nützlich sein, um deine
Eitelkeit zu korrigieren.

Fürwahr, die Sterne glänzen dir am Schönsten,
wenn dich tiefe Nacht umfriedet.

Wofür sollst du am ehsten Sorge tragen? Um deine
Wachheit, in der Tage Drangsal und Vermummen.

Nieten sind doch nützlich, muss man ihnen auch
geziemend auf die Köpfe schlagen.

Nichts kann jämmerlich zugrunde gehn, was *Ich*
gebührend hochgezogen habe.

Deinetwegen habe Ich schon vieles eingebracht
in Meine götterlichte Strategie.

Du bringst Mich in Verlegenheit mit deinen
schrillen Eskapaden.

Was kritisierst du an der Welt, die ja nur Ich
sein kann, in allen Variationen.

Die Wehmut kann nur dich betreffen, Mir ist nichts
davon bekannt im hellen Mich-Vergluten.

Kostbar ist ein jedes Wort, das Ich voll Nerv
an dich verliere.

2.4

Willst du ein Glückspilz sein, so steige in Mein Boot
und lass dich von ihm ins Elysium tragen.

Mit vielem, was du tust, kann Ich Mich
solidarisieren, nicht aber mit dem Outfit
deiner Seele.

Was schlägst du denn Alarm, wo Ich dich in
Mein Team befohlen habe.

Bekömmlicher kann es für dich nicht werden,
als in der Schule Meiner Lebensqualitäten.

Woran denkst du noch, wenn doch alles von Mir
abhängt in des Lebens Wunderwelt und Weh.

Willst du die Grazie Elysiens erfahren,
bade deinen Sinn im Sternenmeer.

Konkret gesagt sind deine schwärenden Bedenken mit einem Schlag in Meines Seins Gewissen aufgehoben.

Für null und nichts magst du den Zauber halten, der sich um Mein Sein bewegt, dann aber hängst du immerzu am Alten, dem das Wichtigste entgeht.

Verschwendung ist nur Mir gestattet, in der unbegrenzten Fülle, die Mir zur Verfügung steht.

Willig bist du schon, aber Vorsicht hält dich schwer zurück in deinem täglichen Gebaren.

Marzipan ist nicht so süss wie Zucker, aber ebenso fürs Wohlgefühl begabt.

Um die Wette magst du eilen, Ich aber komme dir konstant zuvor.

Wie bieder macht sich das, wenn du versuchst, Mich nachzuahmen.

Zuletzt kommst du und wer zuerst kommt, brauchst du nicht zu fragen.

Niemals wird sich etwas wiederholen in der Himmelwölkchen Panaché, nur du geruhst, wie eh und je, dich selbst zu bleiben.

Mach es wie die Tauben, schau dir alles an und picke nur das Wohlbekömmlichste mit deinem flinken Schnabel.

Wie kannst du nur so wählerisch an Meinem Stand vorüberschlendern, wo doch so viel Feines vor dir liegt.

Eine Katze kaufe nie im Sack, eine Pfote musst du mindestens begriffen haben.

Quecksilbrig präsentieren sich vor deinem Blick die Lebenswirklichkeiten, kaum magst du die tauglichsten für dich erhaschen.

Manche Szene deines Lebens würde sich in einem Filmchen wunderbar verewigen lassen.

Neckisch trittst du auf und kehrst recht angeschlagen wieder.

Meiner Treu, was hast du wieder ohne jeden Grund an Porzellan zerschlagen?

Den Letzten beissen die Hunde,
da willst du sicher nicht dazugehören.

Mein Gott, was hast du wieder inszeniert,
mit deinen wackeligen Ohren.

Wo liegst du wohl am Besten?
Auf der faulen Haut in deinem Knusperhäuschen.

Die kühnsten Träume können rasch verfliegen,
wenn die Wirklichkeit dich einholt
mit dem Jammer ihres Tutens.

2.5
Passt dir diese Grösse nicht,
musst du eben eine bessre wählen.

Ende gut, alles gut, trompeten die Propheten,
gewisse Wunden aber heilen nie.

Nur nicht so heftig, auch die andern
wollen etwas von Mir haben.

Brunhild war die Schönste im Land, bevor einer
Mich entdeckt hat auf den grünen Fluren.

Verzeih, Ich wollte Mich nur überzeugen von der
Redlichkeit, mit der du überall hausieren gehst.

Das Schönste an der Sache ist, dass sie nichts angeht, was wir miteinander zu verhandeln haben.

Ist das grosse Los auf dich gefallen, hast du klar das Peinlichste gezogen.

Was dich beschäftigt ist auch eingefügt in Meine Spur, nur berührt sie dich in andern Regionen.

Weltenbrände anzufachen sei nicht deine Sache, du hast mit den eignen schon genug zu tun.

Ich will dich Moris lehren, wenn du glaubst, allein mit deinen Lumpereien auszukommen.

Du solltest den Genuss, Mein Lieber, nie breuen müssen.

Wohlan, es fügen sich die Dinge meisterlich zusammen, wenn *Ich* Ihnen Meinen Schliff verleihe.

Selbstbewusst trittst du auf Meine Bühne und verlässest sie dann recht bescheiden wieder.

Auch das Klassische ist einmal neu gewesen und ward meistens von der Kritik sabotiert. So auch deine Weisheit muss nicht allen gleich gefallen.

Meldest du bei Mir ein Dutzend Wünsche an,
überlege dir zuerst, wie sinnvoll sie denn seien.

Tabak zu schmauchen ist nicht mehr modern und
von vielem andern noch sollst du gefälligst
deine Finger lassen.

Hallo, das Nächste, was du tun sollst, ist,
mit dir selber eins zu werden.

Wer hat dir, was du vollbringst, befohlen,
ohne Meinen Rat?

Mal so, mal so, doch immer wie`s das Schicksal will,
das *Ich* dir anbefohlen.

Kronzeuge deiner selbst bist du in allen noch so
zweifelhaften Situationen.

Fühlst du dich eingewickelt, wickle Ich dich
wieder aus, auf dein sehnliches Verlangen.

Meinerseits will Ich dir nur das Allerbeste bieten,
und was bietest du dafür?

Weltweit öffnen sich die Herzen, wenn *Ich* komme;
doch was geht mit deinem vor?

2.6

Die Moral von der Geschicht: deinen Willen lässt du nicht so leicht verrotten, aber Meinen schon.

Zu viel des Guten lässt sich kaum erzielen,
dem Zuwenig aber hängen sich nur allzuviele an.

Drunter und drüber gehts, wenn *Ich* nicht mehr für Ordnung sorgen mag.

Votierst du für Bescheidenheit, fang bitte sogleich bei dir selber an.

Deine Siebensachen nützen nur soviel, wie du was Gescheites unternimmst mit ihnen.

Wie kannst du so erzürnt sein über nichts und wieder nichts, wo doch viel Bedeutenderes ansteht für dein dezidiertes Tun.

Eine lange Fahrt steht dir bevor
ins Lager der Verklärten.

Nie sollst du etwas unbewilligt tun und sei es auch von eignen Gnaden.

Deine Händel sind dir rasch verziehen,
wenn sie Meinen nicht zuwiderlaufen.

Definieren heisst für Mich noch lange nicht,
etwas an die grosse Glocke hängen,
wie es bei dir stets geschieht.

Im Walde scheint die Sonne nur, wo Lichtungen
bestehn. Bei Mir jedoch ist überall die Fülle Lichts
kaum zu ertragen.

Nach dem Sinken schenkt die Sonne
allen Horizonten ihr bezaubernd Farbenspiel.

Derweil du nicht einmal dich selbst erkennst, muss
Ich den Ich-Bin-Beweis beileibe nicht erbringen.

Im Prinzip scheinst du an Mir nichts auszusetzen
haben, aber wenn's ums Detail geht, versagt du,
dir zum eignen Schaden.

2.7
Schon lange liegt, was Mich betrifft, unangerührt in
deinem Laden. Wann endlich führst du Mir
die rechte Kundschaft zu?

Donnerwetter, wie hast du zugelegt an
Selbstbehagen und grenzest dich damit beharrlich
selber ein.

Gutmütig bist du schon, doch am Leben wirklich
interessiert musst du noch werden.

Wo die Wölfe heulen, ist es besser,
rasch vorbeizugehn.

Du benimmst dich wie ein Fürst und würdest dich
gescheiter als ein Bettler zeigen.

Was fordert dich heraus? Mein Wink auf die
intimsten Dinge dieser Welt, es ihnen gleich zu tun.

Das Wissen um die letzten Dinge schenkt dir
Menschlichkeit und Seelenharmonie.

Das Fabelhafte an sich treibt dich dazu an,
selber fabelhaft zu werden.

Den Gürtel enger schnallen kannst du immer noch;
so lass ihn doch im Augenblick das Loch bewahren.

Die Kunst hat das Gekünstelte zu überwinden,
jeden Eigennutzes bar.

Wo gehst du hin mit deinen prächtigen
Verschrobenheiten? In den Keller deiner selbst,
um daraus sehnlich wieder hochzusteigen.

Mit welcher Wonne gingst du einst spazieren,
versuch es wieder, Tritt um Tritt,
die Lebenstreppe hoch.

Wo find ich Trost, mag mancher ständig fragen,
doch besser ist es, wen zu trösten auszuspäh`n.

Mein Gewinn kommt jedem zu, der sich die Mühe
nimmt, Meine Geistesgüter redlich zu verwalten.

Klaren Wein schenk jedem ein,
der Offenheit begehrt zu trinken.

Moderates muss auch existieren können
in der Vielfalt Meiner typischen Erscheinungen
im Weltgeschehn.

Wo geschieht, was sich in dir ereignet,
wenn nicht akkurat in Meiner Hemisphäre.

Meinetwegen, deinetwegen, welch ein Unterschied
im rauschenden Bezug, die wir zum Weltgeschehen
pflegen.

Das Lied von anno dazumal wird immer noch
gesungen, nur mit einer neu erfundnen Melodie.

Rief dich dein Vaterland, so Bin`s halt wieder Ich
gewesen.

Wie so zärtlich halt Ich dich umfangen,
wenn mir nichts mehr einfällt,
mit dir anzufangen.

Bahnbrechend mag ja vieles sein,
Mir aber geht es um den Aufbruch zu den Sternen.

Was ein Ketzer ist, bestimme Ich, und wenn du's
besser weisst, halt lieber deinen Schnabel.

Was zürnst du Mir, wo Ich doch so viel Charme
verbreite in den Herzen derer, die Mich innig lieben.

2.8
Ich werte weiter auf, was du Mir schon seit
Generationen wert geworden.

Momentan läuft alles rund in deinem Leben,
doch so sinnvoll ist es nicht,
auf dieselbe Weise weiter vorzugehn.

Hast du Kleidersorgen, sieh dich um, ob andere
nicht nackig fürbass gehn.

Konjunktur hat, was beliebt und dann abgetakelt
wird in deinem Herrenleben.
Und was geschieht mit Mir.

Kleinmut ist noch immer mit der Angst verbunden,
zu versagen. Ich aber spende deinen Schritten Halt
und zuversichtliche Staffage.

Die Krönung deines Lebens kann nur die vollendete
Beziehung zu Mir sein, im unendlichen Vereinen.

Was westwärts weist,
kann nur aus dem Osten kommen.

Ich bewege, wenn dich etwas tief bewegt,
und lasse es auch wieder fahren.

Aus der Gemächlichkeit kann leicht
auch Ungemach entstehn.

Im Frieden ruhe du sowie du deine Pflicht
an Mir getan.

Was du willst ist Meines Wollens Siegel,
wenn du's recht verstehst.

Bahnbrechend kann nur Ich durchs Dasein streifen,
denn Gestreifte haben damit grosse Müh.

Ich führe dich zwei Schritt voran, doch du hinkst
ständig einen hintennach.

Planst du einen Garten, schenk Ich dir die
Saat dazu.

Ich vermittle dir nur, was du sowieso zu lernen hast,
in deinen Schulungstagen.

Der Gewinn ist ganz auf deiner Seite,
wenn du Meinen Einsatz nicht erwähnst.

Nur gemach Ich komme hintennach,
um deinen Abfall aufzulesen.

Was brauchst du weiter noch,
um deiner Lust nach Ramsch zu frönen?

Gibst du dir Mühe, kann Ich dein ganzes Sein
mit Wohlgefühl verbrämen.

2.9
Ein Schuss Humor kann dir nicht schaden,
zu deftig aber soll er nimmer sein.

Magst du Singen, musst du auch ans Üben denken.

Klassiker sind nur beliebt bei denen,
die sie regelrecht verstehn.

Was weisst du von Kabalen, die Liebe bietet mehr.

Wo gehst du hin? Hast du dich schon
für Mich entschieden?

Was kannst du am besten mit dem Weltgeist
kombinieren? Das, was du dir selber Bist
in deinem sagenhaften Spruchbrevier.

Was verträgt sich ohne weiteres mit Meinen
Perspektiven? Dein Dich-mit-Mir-ins-
Unergründliche-Verziehn.

Wichtig ist für Mich, wie`s mit Meinen Kreationen
vorwärts geht.

Erbaust du dich an dem, was *Ich* dir Bin, kann dir im
Grund genommen nichts mehr fehlen.

In den Wind Gesprochenes kann dich ins
Unermessne tragen.

Hörst du Mir zu, beehre Ich dich mit der Fülle Meiner
Herzensgaben.

Ich warte und erwarte etwas ganz besonderes
von dir und deinen mustergültigen Talenten.

Was klingt dir in die Ohren, wenn es sich um Mich
und Meine Wahrheit dreht?

2.10

Posthum wirst du dich gegenüber Mir viel seinsverständiger benehmen.

Das Folgerichtige liegt dir nicht immer auf der Hand, es muss geschürft und mühevoll ans Tageslicht befördert werden.

Mit Bienenfleiss lässt sich gar vieles arrangieren, doch mit Meinem noch viel mehr.

Du gewinnst, was du verlierst, im Übermasse wieder, wenn du es mit liebevollem Sinn getan.

Die Braven sind nicht ohne weiteres die Schläusten, aber nützlich sind sie dennoch für der Menschheit Wohl.

Klage nicht um Dinge, die dir abgenommen wurden, sie erleichtern dein Gepäck und fördern deinen Herzensfrieden.

Bittermandeln können dir als süss erscheinen, wenn es dir vordem viel bitterer erging.

Wofür du schwärmst, wird dir nur allzu oft zu Schall und Rauch gedeihen, weil es eine Sinnestäuschung war.

Willst du in Wolken schweben, sieh dir erst einmal
ein Vorbild an, dann wirst du deinen Wunsch
sogleich begraben.

Mit Mängeln bist du schon genug behaftet,
nun gilt es, dich mit Qualitäten zu befassen.

Ein Relikt aus alter Zeit kann dir zuweilen
viel Vernünftiges besagen.

Eine Hühnerhaut kannst du beim Metzger kaufen,
dann brauchst du nicht im Kühlhaus Wache stehn.

Mir nichts, dir nichts bist du nicht aus dem Geschäft
geflogen, den ersten Schritt dazu hast sicher du
getan.

Wenn's bei dir brennt, so nützt es oft nicht viel,
die Feuerwehr zu rufen.

Zuletzt lacht meistens der,
der vordem eher traurig war.

Im Nachhinein lässt es sich leicht erklären,
wie man es besser hätte machen können.

Dem Virtuosen muss bestimmt
das rigorose Üben vorgegangen sein.

2.11

Was sich zusammenläppert, kann auch wieder
flöten gehn, wenn zu viel Geier an ihm nagen.

Kenntnis deiner selbst tut dir vor allem Not
in deinem zwiegespaltenen Gemüte.

Glänzen deine Züge, sind sie von Meines Glanzes
Wohllaut übergossen.

Was träufle Ich dir ein? Den Mut, dein wahres Ich
zu suchen und den Fund geflissentlich zu feiern.

Was trägt sich zu in deiner Seelenlandschaft?
Die Entzifferung der gottgegebenen Gravur.

Wer ist imstand, sein Ich's Entdeckung gebührend
zu befeiern? Ich, der in dir seiende Gespan.

Was hinkst du Mir beständig hintennach,
wo Ich dir noch so gern den Vorrang lassen würde.

Knaben- und Mädchenkraut sind bei Mir nicht zu
unterscheiden, weil in Meinem Reich
nur Seinsgeschwister existieren.

Wenn es denn sein soll, bring Ich dich persönlich
vor den göttlichen Altar, um dich von allem
Herzensweh zu heilen.

Melde dich bei Meinem Kontingent, bevor es voll ist
mit beherzten Musterknaben.

2.12

Noch ist nicht aller Tage Abend, solange *Ich*
am Ruder Bin in grandiosen Meisterzügen.

Das Volksgesetz gebietet, doch der Einzelne
geruht, durch Dick und Dünn die eigne Meinung zu
vertreten

Die kapitalsten Böcke werden von den
kapitalen Wüstlingen geschossen.

Was fordert dich so sehr heraus?
Die Gänseriche unter deinen Brüdern.

Die Kapuzineräffchen klettern gern an dir herauf
und du lässt sie voll Wonne über deinen Buckel
fahren.

Fühlst du dich schwächlich, kann Ich dir dafür
ein Mittelchen verschreiben

Allotria zu treiben, ist nicht anspruchsvoll, dem Wind
der Zeit begegnen aber schon.

3

Wieviel hast du schon in den Sand gesetzt

3.1

Vieviele Töne kann dein Ohr vernehmen?
Alle, ausser dem, mit dem *Ich* Mich verlauten lasse.

Bist du sonderlich erpicht darauf, dass sich alles um
dich dreht, so dreh dich einmal um,
um ganz erschreckt Mich zu gewahren.

Wie viel hast du schon in den Sand gesetzt,
weil du vergessen hast zuerst Mich zu befragen.

Statt dich immer rot und blau zu ärgern, könntest du
es auch einmal mit grün und gelb versuchen.

Wahrhaft glücklich bist du nur, wenn *Ich* dabei die
Hand im Spiele habe.

Natürlichkeit bedingt, dass du den Mut hast,
alle Welt zu lieben.

Gibt es etwas Schöneres als eine Mutter,
die ihr Kind gar liebevoll behütet.

Bei Licht besehn sind deines Lebens Dinge recht
banal, besonders vor dem einen: dass du Bist
des Allerhöchsten Wesen und Profil.

Die Wege, die du kühn und keck beschreitest, sind zugleich die Meinen in der Wohlerwogenheit der göttlichen Regie.

Pankraz der Schmoller hat auch einmal klein begonnen und nun ist er Weltengross. Genauso wird es dir ergehn mit deinen menschlichen Empfindsamkeiten.

Auch der Kluge ist zuerst zu Fuss gegangen, nun reist er ungeniert im Zug und denkt dabei schon an den Flug.

Wohlfeil ist vieles, doch nur eines tut dir wahrhaft Not: Mein götterlichter Zauberladen.

Schwache Nerven finden ihren Ausgleich in der Unbekümmertheit, mit der sie sich auf Meine Hilfe zubewegen.

Was lässt dich kalt? Der Raubzug an den Kräften, den du an den eigenen begehst.

In der Geschichte deiner Taten sollst du vorab die ungebührlichen beachten, um sie beileibe nicht zu wiederholen.

Was beschäftigt dich am Meisten?
Deine eigne Haut, oder dann das Weltenwohl?

Zug um Zug kommst du Mir stets entgegen,
in der universenweiten Evolution.

Was beklagst du diesen Tag,
wo du ihn doch mit Mir vereint erlebst.

Was dich betrifft, betrifft auch Mich,
in der Gemeinschaft, die wir miteinander pflegen.

Mit dem „zu spät" sollst du Mir niemals kommen,
denn Mein Gedulden ist an keine Zeit gebunden.

Pausenlos versucht du, dich von Mir abzulenken,
doch gelingen wird es nie.

Es tut sich was, ist schnell gesagt, doch, was es ist,
ist schwierig zu erfahren.

3.2
Bist du soweit, dass du mehr wissen willst, als deine
Sinne sagen, kann Ich dir genaue Auskunft geben.

Marinaden sind bekömmlich, jedoch nur zum
angemessnen Preis zu haben.
Ebenso ist es bei Mir.

Ein Schnupftuch hilft dir über vieles schlank hinweg,
doch muss es ständig rein gehalten werden.

Bravsein allein kann nicht genügen, da musst du noch ganz anderes in Szene setzen.

Der oszillierende Gesang schaukelt die Stimmung auf, doch braucht's den gregorianischen, um diese wieder auszugleichen.

Wem die Stunde schlägt, der wird von mir zum Meister seiner selbst erkoren.

Was immer du dir leistest, ist Begabung Meinerseits aus vollen Schalen.

Wen knöpfst du dir noch vor, nachdem *Ich* dich Mir vorgeknöpft und unterordnet habe?

Ich liebe es, bis drei zu zählen, bis der Zauber losgeht, kaum zu zähmen.

Noch schläfst du selig vor dich hin, doch dein Erwachen wird dir sagenhafte Seligkeit bereiten.

Keine Frage, dass es dir gelingen muss, in Meine Dienste einzutreten, sonst bleibst du ewig in dich selbst verloren.

Problematisch bist nur du, Ich habe Mich schon längst dem Wesen der Allherrlichkeit verschworen.

Dankbarkeit ist auch nicht ohne,
für dein schnurgerades Resümee.

Um ein Haar wärst du auch dran gekommen,
doch für diesmal wollte dich das Schicksal noch
verschonen.

Ohne Zweifel willst du stets der Beste sein in deiner
Art, dich aus dem Netz zu stehlen.

Rage nicht zu weit hinaus, es könnte dein Gewicht
dir zum Verhängnis werden.

Dem Ebenmass verpflichtet sind diejenigen,
die statt auf drei nur auf zwei Schienen fahren.

Nicht du allein darfst über dich bestimmen, da
kommt noch ein gewichtig Wort von Mir dazu.

3.3
Monster sind auch Wesen, doch sie haben Mühe,
ihren Geisteskern zu finden.

In der Richtung auf dein Sein,
kannst du nur *Meinen* Anstoss finden.

Wahrhaftige sind am ehsten unter'm Fussvolk zu
entdecken und schon weniger in bessern Kreisen.

Kurz und gut ist alleweil dem Lang und Leidig vorzuziehn.

Wer sich klug und weise deucht,
soll so nebenbei auch Mich erwähnen.

Ragst du steil empor,
musst du dich dazu senkrecht stellen

Deine Opfer sind niemals vergebens,
sie schaffen unaufhörlich Meinen zu.

Bring Mir dies und das, kannst du befehlen,
Ich aber will bestimmen, was.

Klartext reden hängt gar oft an einem Fädchen:
Dem der Ehrlichkeit, in deinem prächtigen Gefieder.

Wohl magst du singen, aber findest du auch stets den rechten Ton?

Welche Richtung für dich stimmt, musst du zuerst vom Mir erfahren haben.

In vielen Fällen machst du Zweiten, wenn du unbedingt der Erste werden willst.

Der Ordnung halber binde Ich dir beide Augen zu,
damit du nicht vom eignen Glanz geblendet wirst.

Das Wirkliche ist in der Tat mit viel Fantastischem
verbunden.

Gehst du mitten durch, kann es dir kaum
an allem fehlen.

Siehst du es genau von aussen an,
kannst du viel von seinem Inneren erahnen.

Momentan ist vieles wohlgetan, was früher noch
absurd war, in der Ansicht der gebornen
Inspektoren.

Knauserig sollst du Mir niemals kommen,
denn Ich wende es dir vielfach wieder zu.

Ich atme treffliche Gedanken und eratme Mir
damit das Weltenwohl.

Oft geht das Niedere dem Hohen steil voran,
wenn es sich in Meinen Schutz begeben.

Muss Ich dir alles zweimal sagen,
bevor du folgerichtig reagierst?

Master of, magst du genannt sein, aber inwiefern du es auch Bist, will *Ich* entschieden haben.

Periodisch pusche Ich dich mehr voran, durch ein wohlerwognes Weh.

Lesestoff zu Meinen Gunsten gibt es wahrlich schon genug, du brauchst ihn nur zu estimieren.

3.4

Am Wendekreis der Hoffnung steht Mein Mahnmal, wachsend Zug um Zug.

Dem Kräftigsein ist mancher schon erlegen, weil er darob das Seelenvolle glatt vergass.

Nichts für mich, pflegst du nur allzu oft zu sagen, derweil es dir zum Wohl gereichen könnte.

Wo die Wonne stockt am Leben, ist der Überdruss nicht fern, in deiner Seinsmenagerie.

Gut geölt ist halb für dich entschieden, doch muss es lauter sein, sonst harzt es sogleich wieder.

Von den Lebenstücken ist schon mancher lebhaft und galant geworden, traulich, nett und kühn.

Trägst du dich mit dem Gedanken zu verreisen, trage Ich dir gern die Koffer nach.

An Liebenswürdigkeit bist du nur schwer zu überbieten, wenn dir jemand Hoffnung macht auf mehr.

Kranzturner haben die Gewohnheit, elegant vom Reck zu springen, doch dir fehlt schon längst der Kick dazu.

Was hältst du vom Vergnügen, als Vorreiter zu gelten? Nichts weiter als die Mühe, nicht hinabzustürzen.

Es koste was es wolle, aber haben will Ich es.

Nichts für Kinder ist der Wahn, sich selber sein zu wollen.

Die grosse Wirkung kommt erst nach dem Fall Jerusalems.

Läufst du der Sittenpolizei ins Garn, dann kannst du was Unsittliches erleben.

Wie hast du das gemeint, mit deinen roten Zehen?

Den Riegel vorgeschoben hast du bald, doch ob er auch verhält, wird sich erst später weisen.

Wer bedient dich besser als Mein Weltenherz mit seinen Wundergaben?

Wovon du träumst, hab Ich schon längstens in Betrieb genommen.

Pflegst du Gedanken, einfach abzuhauen, kann Ich dir dabei behilflich sein.

Von klein auf sollst du lernen, guten Mutes und vertrauensvoll auf Wanderschaft zu gehn.

Dramatisch ist nur, was du selbst dafür erachtest, in deiner heissgelaufnen Phantasie.

Ketzer müssen sterben so und so, auch wenn sie später Recht bekommen werden.

Mit barer Münze zahle Ich dir heim, was du an Mir verbrochen hast, mit deinem übermütigen Gehaben.

3.5
Das Quantum ist nicht seligmachend,
die Qualität hingegen füge *Ich* hinzu.

Bekennst du dich zu Mir, so hast du für dein Wohl
das Beste unternommen.

Dein Scheitel kann nicht immergrün verbleiben,
der Meine aber schon.

Was schlägst du dich herum mit Dingen,
die Mir nichts bedeuten?

Wogegen wehrst du dich, wenn es so vieles gibt,
wo du dafür sein könntest?

Das Klassische kann nie genug zu deinem Heil
verwendet werden.

Gehst du der Fassade auf den Grund,
kann dir das Dahinter endlich glaubhaft werden.

Was kann dich mehr erschüttern, als die Erkenntnis
deiner Ungezogenheiten gegenüber Mir

Was treibt dich an, wenn nicht der Überlebenswille,
doch könnte etwas mehr nicht schaden.

Machst du Minus bist sehr erpicht darauf,
auch wieder einmal Plus zu generieren.

Womit du handelst, kann es auch dir zu zeiten
an den Kragen gehn.

Lass das, oder lass es wenigstens
von Mir gesegnet sein.

Im Allgemeinen muss auch das Besondere
in voller Wucht erscheinen.

Sieh dich vor, dass du nicht an der eigenen
Geschicklichkeit zugrunde gehst.

Niemand weiss, was ihm bevorsteht, ausser Mir
im Zuge Meiner Seinsgeschichtlichkeiten.

In bester Laune sollst du an dein Tagwerk gehn,
um ohne Unterlass das Sein zu loben.

Was für dich typisch ist, muss es noch lange nicht
für jedermann bedeuten, in des Weltenlaufs
Spiralen.

Wie ein gestochner Bock rennst du durch`s Leben,
statt beschaulich vor dich hin zu gehn.

Am ehsten bringst du Mich zum schwitzen, wenn du
mit angezogener Bremse talwärts fährst.

Was treibt dich so herum, wenn du doch bei Mir
den festen Anker finden würdest.

3.6
Delikat ist alles, was du im bewussten Sein
berührst. Trachte danach, es nicht zu verderben.

Die Gewohnheit kann recht gute Früchte tragen,
wenn du sie nicht zum Ideal erhebst.

Wie zügig windest du dich aus der Pflicht heraus,
Mir vollends zu gehören.

Worauf es ankommt, ist, den Lebensstil nach
Meinem Gusto einzurichten.

Kleinste Differenzen zeitigen in Mir schon maximale
Wirkung im System des multiplexen Echauffierens.

3.7
Was dagegen spricht, kann auch dafür sein,
von der Gegenseite her gesehn.

Konterst du, so kann Ich dich mit einem desaströsen Defizit belohnen.

Die Monster heissen jedermann willkommen in ihrem düstern Freudensaal.

Lässt du dich erbitten, geb Ich dir den Laufpass noch dazu.

Originale sind nicht zu verachten, denn sie decken auf, was andre heimlich zugeschaufelt haben.

Wie gefährlich ist die Welt?
Das hängt vom Virus ab, der sie befallen.

Was weckt dich auf und was befiehlt dich wieder auf den rechten Weg? Mein Weistum, um dich von dir selber zu erlösen.

Gestehst du Mir, dass deine Pläne hin und wider wackeln, wenn man sie mit Meinen konfrontiert.

Ohne weiteres kann nichts geschehn, es sei denn, dass du ausflippst Meinetwegen.

Wie kommst du bei Mir an, wenn Ich dich schon seit jeher intus habe?

Das Beste, was du für dich tun kannst, ist,
dich Meinem Willen vollends zu ergeben.

„Von dannen wird er kommen", heisst es gang und
gäbe, derweil Ich immer da Bin,
in der Welten vielbelebten Sektionen.

Morgenstund läuft rund, wenn du sie regelrecht
beginnst in Meinem benedeiten Namen.

Im Prinzip kannst du dich frei bewegen, an deine
Pflicht gebunden bist du trotzdem,
von Gesetzes wegen.

Vom Hundertsten ins Tausendste verlieren sich die
fluktuierenden Gedanken, wenn du sie nicht im
Zügel hältst.

Ich kläre auf, derweil du noch im Trüben fischest,
Kamerad.

Moskitos stechen einfach, weil sie Hunger haben.
Aus welchem Grund stichst du?

Wie klever windest du dich aus der Pflicht heraus,
Mir zu gehören.

Das Gewohnte ist nicht mehr das Beste was du tun
kannst; öffne dich hingegen Meinen Inspirationen.

Kapitale Fehler solltest du nicht mehr begehn,
um die Schande zu vermeiden.

Du kommst nicht eben weit, wenn du die Welt nur
kritisierst; besser ist es, sie mit deinem Weistum zu
begaben.

Der Frühling ist vergangen, doch mit strahlender
Gewissheit kehrt er immer wieder.

„Knock on wood", meinst du zur Sicherstellung
deiner Aktionen, doch mit der Zeit tut dir der Finger
weh.

Bricht dir der Wind streng ins Gehölz,
musst du dich strenger aus ihm winden.

Wer kennt sie nicht, die Bösewichte in Quartier,
doch dir gebührt es, nicht einmal an sie zu denken.

Kindisch mutet an, was du alles unternimmst,
um dich in Kondition zu halten.

Gewählt kommst du bei Mir nicht an,
weil Ich immer nur das Eine generiere.

Gewiegte sind auch gute Schwindler
in Bezug auf ihre Geistigkeiten.

Wer kennt ihn nicht, den Täuberich,
der auf dem Dach sein Eigenlob verkündet.

Wo's brennt, da lass dich nimmer nieder,
es könnte dir was Schreckliches geschehn.

3.8
In der Stille reift das Grosse seelenvoll heran,
viele Herzen zu erfreuen.

Was zieht dich an Mir so beharrlich an? Die
Unbekümmertheit, mit der Ich seit Äonen operiere.

Ganz gewiss wirst du in Meiner Obhut Heil und
Gnade finden.

Du erscheinst im Minus, Ich im Plus
und beides fügt sich im Unendlichen
bewundernswerterweis zusammen.

Das Makabre freut sich an dem Schrecken,
den es in die Seele suggeriert.

Was du mit deiner Elle missest,
muss nicht unbedingt das Mass der Dinge sein.

Das Mindeste ist vielfach auch das Meiste,
was die Biederen zu bieten haben.

Was zwickst du ab, wo es doch gälte,
etwas Sinniges hinzuzufügen.

Kleinkariertes pflegt gar leicht mit grösserem
Geschütze aufzufahren, als ihm zusteht, in Gefahr.

Kein Hiesiger kann das vollbringen, was man dem
Fremden zugesteht, trotz seinen Unbeholfenheiten.

Was ein Maultier stumm erträgt, das sollst auch du
mit Schafsgeduld ertragen.

Zetermordio zu schreien fällt wohl keinem schwer,
aber selbstbewusst zu schweigen, sehr.

Mit der Zeit zu gehn ist viel bekömmlicher
als gegen sie.

Zum Einen wird auch bald das Zweite kommen
und so weiter, bis dir die halbe Welt gehört.

Wilde Träume jagen durchs Gemüt, zum Glück sind
nur die wenigsten zum Wirklichsein berufen.

Was kommt dich an, so kräftig auf das Paukenfell
zu schlagen, wo doch ein schlichter Fingerzeig
genügte.

Der Letzte kann auch mal zum Ersten avancieren, wenn die Konkurrenz im Forfait liegt.

Drollig sind nicht nur die Kinder, wenn sie schlicht nach allen, was da kommt, Verlangen haben.

Nur nicht verzagen, einmal wirst du dir noch eine goldene Nase erjagen.

Mein Mandat ist klar und kräftig formuliert, nur musst du es auch konsequent befolgen.

In der Tat bist du noch nicht so richtig auf die Welt gekommen, ohne Meinen Führerschein.

In deinen Augen ist ein farbenblinder Fleck zu spüren, weil du so unaufmerksam durch das Leben patroullierst.

Munter gehst du deines Wegs, doch ob er mustergültig ist, muss *Ich* für dich entscheiden.

Das Radikale hat auch seinen Sinn, indem es die Labilen dazu führt, sich für etwas zu entscheiden.

3.9

Am Anfang war noch nichts als Ich in Meines Seins
Unendlichkeiten, dann begann Ich deiner
zu gedenken.

Zahlkräftige werden lieber zur Kasse gebeten,
als arme Schlucker; zu bedauern sind sie beide,
wenn sie Meinem Portefeuilles nichts zu bieten
haben.

Im Grund genommen taugst du gar nicht viel, solang
Mein Wortschatz keinen Anklang bei dir findet.

Was trägst du dazu bei, der Welt ein schönes
Make-up zu verpassen?

Siehst du ein, dass deine Dinge auch die Meinen
sind, so kannst du was von Mir erleben.

Prägnant und prägend komme Ich dir alleweil
entgegen, in der Fülle dessen, was Ich für dich
vorgesehen habe.

Nütze deine Zeit, um Mir ein Vorbild der
Holdseligkeit zu sein.

Vor Zeiten schon hab Ich dich auf dem Pfad der
guten Hoffnung auf Erfolg gesehn. Nun ist es so mit
dir geworden.

Natürlich bist du dazu ausersehn, in Meinem Meistersinne zu gedeihen und in deinem Wesen zu bestehn.

Zu viel kann es nie sein, wenn es darum geht, mit Mir um das gediegne Weltenwohl zu ringen.

Zuerst kommt das „Ich Bin" und lange danach erst dein vielversprechendes „Ich werde".

Nun denn, wie stehen deine Chancen auf Gewinn in deinem kunterbunten Streben? Meine sind so gut wie nie zuvor.

Ein Paternoster wäre nicht zu viel unter deinem miserablen Wurstpapier.

Wie schön du singen kannst in nackter Not um deine Wertpapiere.

Bei Mir zählt nur das wirkliche Verlangen nach Erfolg in Sachen Geistgewinn im Weltentsagen.

Wie kannst du an Mir zweifeln, wo Ich doch so eng mit dir zusammen um das Rechte streite?

Gelassen stieg die Nacht ans Land,
doch viel gelassener steig Ich zutage.

Nun heisst es wachsam sein, um Mein Erscheinen in dir mühlos zu gewahren.

Traust du dir zu, dem Unwahrscheinlichen gehörig auf den Grund zu gehn?

Wie viel Wasser muss noch rheinab fliessen, bis du dich dazu aufraffst, mehr von Mir zu wissen, als du weisst und beständiger nach Mir zu fragen, als du`s bisher tatest?

Ist dir die Sohnschaft Gottes so viel wert, dass du nichts anderes erstrebst, als unfehlbar in ihren Bannkreis einzutreten?

Im Netzwerk der allmenschlichen Durchtriebenheiten zappeln Myriaden prächtige Philister, und worin zappelst du?

Allherrliches Gelingen wünsch Ich dir, trotz deinen wohlgepflegten Minderwertigkeiten.

Wohlverstand kommt nicht von selbst in deine gute Stube. Alles will erlernt sein und geübt in corpore.

Wo Glanz ist, ist auch Glorie in deinen Händen, wie im strahlenden Gemüt.

Niemand schreibt dir vor, was du zu denken hast,
doch schreibens dir die Geister nach und halten
dich dafür gefangen.

Wie zimperlich benimmst du dich schon wieder,
ohne einen Grund dafür zu haben?

Bewusst-Sein, ist die edelste der Künste
in der lebelangen Rutschpartie.

Minutiös verfolge Ich dein Tun und Treiben und
greife immer wieder rettend ein.

Auch das Holundermark ist nicht in Grund und
Boden zu verachten; kommt es doch, wie alles
andere, von Mir.

Schlechter Trost für klägliches Benehmen.
Nur die Besserung bringt wahres Heil.

Walte nur, Ich schalte und verfüge nach wie vor
entschieden über Mein verehrenwertes Welt-
system.

Was brockst du dir da ein? Steht denn nicht
geschrieben: dumme Streiche sind wie zu viel Wein.

Klaglos sollst du Meiner Wege fürbass gehn, im Wissen, dass sie fein und lauter sind und über jeden Zweifel hoch erhaben.

Ich betone immer wieder, wie lohnend es ist, mit Mir vollständig ausgesöhnt zu sein.

Maienluft zu spüren ist kein Schleck, weil sie dich zum Überborden regelrecht verführt.

Egal wo du Mich anrührst, immer stehe Ich dir vollends zur Verfügung.

Bald wird über dir der Baldachin zurückgezogen und der liebevolle Geisteshimmel lacht dich an.

3.10
Womit kann Ich besser dienen, als mit der Selbstverständlichkeit an sich, mit der Ich ständig operiere.

Lichte Weiten schaffen Klarheit im Gemüt und hinterlassen sagenhafte Geistesspuren.

Partei ergreifen sollst du nur für Mich und Meinesgleichen, damit du nicht am allgemeinen Wirrwarr Schaden leidest.

4

Schon am Verdämmern bist du

4.1

Was in der Welt geschieht, ist immer auch
mit Meiner Sagenhaftigkeit verbunden.

Noch ist es Zeit, dich bei Mir umzusehn,
doch wird sie ständig schwinden.

Am ehsten schlägst du dich durchs Leben,
indem du deinen Hammer fortwirfst, im Vertrauen
Mir entgegen.

Schon am Verdämmern bist du und hast noch
immer Meine Sonne nicht gesehn.

Vorüber geht für dich die Zeit, doch Ich kann das
nicht ohne Weiteres im Ewigen behaupten.

Linkisch magst du alleweil durch deine Welten
gehn, in Meinen aber sollst du liebevoll erscheinen.

In aller Welten Wesen äussert sich des Seins
allherrliche Gebärde.

Was gibt es Neues unter Meiner Weltensonne
Strahlen? Nichts als Mich in der unendlichen
Geschichte Meiner Variationen.

Bewusstheit über alles
in dem Wust der täglichen Kalamitäten.

Wie willst du dir noch helfen, wenn nicht über allem
Ungemach mit Mir.

Bist du betucht, dann lass ein paar von deinen
Tüchlein zu Bedürftigen fallen, sie werden es dir
innig danken.

Wie wendest du die Gottesgüte an? Indem du
deines Menschseins Strahl an alle Dürftigen
versendest.

Wie lässt du dich denn an, im Anblick Meines
Decolletees von Gottes ungenierten Gnaden.

4.2
Wie schön du in den höchsten Tönen singen kannst,
deiner Welt Entzücken zu bereiten.

Zu viel verlangt kann bei Mir kein Thema sein,
weil Ich alles Bin und intus habe.

Wohlwollen stärkt die Bande zwischen den
Gemütern, die was zu verhandeln haben.

Wer kennt sich besser denn, als Ich Mich kenne,
in der unité de doctrin, die Mir eigen.

Wo kommst du hin, wenn deine Kräfte nicht von Meinem Weistum stilisiert und auf Mich ausgerichtet werden?

Moderat ist auch nicht ohne, wenn es darum geht, den Anstand zu bewahren.

Im besten Falle kann Ich dir mit einem guten Ratschlag weiterhelfen, ihn befolgen aber ist dein Metier.

Was kann dich stärker treffen als *Mein* Regelwerk, wenn du dich schlecht benommen.

Wer trägt die Himmelssterne und was trägst du dazu bei?

Die Kontrolle über dich ist deine Sache, Meine aber auch

Vom Dinglichen gelöst, siehst du dich ins Unendliche entschweben. In beidem zugleich sein ist aber wunderschön.

Was kannst du nur so schimpfen über deine Situation, Meine würde noch viel intensiver dazu Anlass geben.

4.3

So radelt sich`s denn in den frischen, seligen Morgen hinein, voll Sinngehalt am Sein und Leben.

Zu wenig ist genauso schädlich wie zuviel, und eine wahre Kunst ist es, die Mitte einzuhalten.

Was dich beschäftigt, muss auch Mir zuinnerst angelegen sein, in Meinen mitternächtigen Tiefen.

Zuhinterst ist auf einmal vorn, wenn sich der zweite Schalter öffnet im Gedränge.

Hast du bemerkt, wie hoch die Leute springen, wenn ihnen was zuwiderläuft in ihrem Rasen.

Wovon du lebst, ist stets auf Meinem Ackerfeld gediehen, in der Vielfalt des gottseligen Befruchtens.

Wie töricht sind die Menschen, wenn sie glauben, ohne Geistbewusstsein auszukommen.

Mit Heiterkeit, Humor und gutem Willen packst du alles merklich besser an.

Wie hiess doch die Devise: Munter stets voran und ohne Meiner dich zu schämen.

Reich Mir deine Hände und
Mein Herz wird dir sogleich entgegenschlagen.

Möglichst schonend geb Ich dir den Laufpass aus
der angestammten Welt der Träumereien
und erwecke dich zur Wachheit in der Meinen.

Regst du dich auf, so kann Ich jederzeit das
Gegenteil davon bewirken, in des Lebens
Knotenpunkt und Solala.

Was du dir gestattest, ist zumeist ein wenig schief
geladen, Ich aber statte dir zurück, was du
versehentlich verloren.

Was du gekonnt erledigst, kommt dir einstens
wieder frohgemut entgegen.

Vor Ort wird dir meist mehr gelingen, als wenn du
deine Welt vom Bett aus dirigierst.

Der Wache weckt sich selber immer wieder aus
dem Schlafe der Gerechten in des Lebens Sein und
Tuten.

Prohibition ist eine Tugend für Napoleönchen auf
dem Hügel ihres Unwerts an des Lebens
Folgerichtigkeit und Stil.

Was lässt deine Pulse höher schlagen, als das Vermächtnis deiner selbst an Mich und Meine Myriaden.

Die Gelegenheit ist immer günstig,
einen Blick in Meinen Honigtopf zu tun.

Was ums Himmels hält dich davon ab,
Mein Refugium mit Akribie zu inspizieren?

Jeder mittelständige Minister seiner selbst soll sich verpflichtet fühlen, Meinen Ruten auf den Leim zu gehn.

Mittlerweile leben die Banausen nur noch von dem Quatsch, der ihre Ohren mit Gekrächze kitzelt.

In Untergrund rumort, was dann hervorbricht wie der wilde Zorn der Gottheit in den Sphären.

Was geht so in dir vor, wenn du versuchst, dich durchzuwursteln ohne festen Plan?

Zu wem bekennst du dich am Liebsten?
Zu dir selber, oder besser noch zu Mir.

Geht es um dich, so geht es auch um Mich im Grenzenlosen.

Siehst du dich verwundet, wundere dich nicht darüber, dass darin Mein Ratschlag und Befund verborgen liegt.

Zuerst lacht immer, wer sich hoch erhaben fühlt, in seinen Träumen.

4.4

Wie ist das möglich, dass dein Portefeuilles wächst, derweil dein Seelensein erbärmlich Hunger leidet?

Wenn es ernst wird, wirst auch du dich ernstlich auf Mein Wort und Meine Gegenwart besinnen.

Magnetisch zieh Ich alles an, was lebt und was sich in Mir etablieren möchte.

Verschwiegen musst du sein dem Weltgetriebe gegenüber, aber Meinem Einfluss offen in des Lebens listigen Schikanen.

Beständig ist es Meine Absicht, dich zu Mir emporzuheben.

Was in dir webt, ist das Bewusstsein Meiner Gegenwart im Unergründlichen.

Vor allem mute Ich dir zu, in Meinem Sinn zu wirken und Meines Willens Wucht gemäss dein Schwert zu führen.

Sehr erbaulich ist, was Ich dir mitten auf den Lebensweg gegeben. Hast du auch Erbauliches damit getan?

Beschaulich sein heisst, statt nach aussen in dein Inneres zu schauen, um damit Mir und Meinem Wohlklang auf die Spur zu kommen.

Zu melden ist bei Mir nur das Wahrhaftige in seinen ungezählten Variationen.

4.5

Wer hilft dir, aus dem Ungemach der Welt herauszukommen, wenn nicht Ich in Meiner liebevollen Art, den Lebensdingen auf den Grund zu gehn.

Worauf willst du, nach alledem, dich noch besinnen? Auf das Gedulden, Meiner Herrlichkeit entgegen.

Was überzeugend wirkt, ist alleweil Mein Auftritt auf dem Weltenplan.

Worauf wartest du, wo Ich dir doch das Jetzt ins Herz gelegt und angekurbelt habe.

Was Meine Hochburg nicht bezwingt, das kann auch deine nicht bezwingen.

Was du gründlich kennst, das sollst du nicht verkennen.

Was dich durch den Tag trägt, wird dich auch durch deine Nächte tragen.

Du wirst es büssen, wenn du nicht erfahren willst, was *Ich* dir schon seit eh und je zu sagen habe.

Von null auf Wolke sieben kannst du nur in Meiner Gondel steigen.

Wer wandert, hat das Zeug, auch Meine Täler zu bestaunen.

Was bringt dich vorwärts, wenn nicht Meine Liebesmelodie.

Deiner Klugheit ist die Meine haushoch überlegen.

Wie schön du singen kannst, wenn nur der Text auch stimmen würde.

Immer wieder trag Ich Mich dir an, wenn du Mich nur erhören wolltest.

Wie genügsam kannst du sein, wenn es darum geht so richtig Mass zu halten.

Schwillt dein Kamm, so glätte Ich ihn schleunigst wieder.

An deinem Herzenston ist Mir nichts weiteres gelegen, weil es auch der Meine ist im wonnevollen Seinserleben.

Ich trage Mich dir an und was trägst du Mir liebevoll entgegen?

Vor Ort kann jeder prahlen, seiner Grösse wegen, wie aber ist es, wenn es in die Sternenweiten geht?

Worauf Ich bei dir zähle, ist der Wille zum Sanieren deiner Weltenlage.

Was sind deine Motivationen, wenn nicht die von Mir in dich gepflanzten Findigkeiten.

Was ist mit dir los, wenn du der Fähigkeit entbehrst,
Mich anzuhören? Nichts mehr von Bedeutung.

4.6
Trojanisch ist Mein Wirken, Mein Beseelen wächst
von innen her.

Merk auf, geliebte Seele, der Gott der Wahrheit ist
bei dir.

Negligable scheint dein Wirken, doch
in Meinen Augen ist es grandios.

Alles was dich kränkt, ist deinem Kranksein
zuzuschreiben.

Treibst du's wieder bunt,
muss Ich`s mit dir noch bunter treiben.

Querfeldein magst du nach deines eignen Willens
Wucht stolzieren, bei Mir heisst es,
auf krisensichern Wegen gehn.

Der Schock sitzt tief, wenn du auf einmal deines
wahren Seins Magie begreifst im Wunderbaren.

Auf *Meinen* Hügeln leuchtet dir das Feuer der
Begeisterung am Lebenssinn entgegen

Vor allem sollst du die Beziehungen zu Mir und Meinem précieusen Anhang pflegen.

An Mir kann es nicht fehlen, guter Kamerad,
bitte schau mal bei dir selber nach.

In Essig gebadet, in Öl geschmort, erfahren sich die Geister, die sich gegen Mich verschworen haben.

Von zuunterst bis zuoberst schallt der Ruf: befreie Mich o Herr von meinem Leichtsinn in des Lebens biedermännischem Begreifen.

Barhaupt wirst du vor Mir stehn und vergebens deine Fehler zu verbergen suchen.

Nur zu willig will Ich dich mit dem, was du von Mir erwartest, überhäufen.

Grüne Bohnen, braune Bohnen,
beide werden doch einmal Kaffee.

Deine Bitte kann nur soviel bringen,
wie du willig bist, etwas für sie zu tun.

Zuviel des Guten kann immer noch zu wenig sein,
von Meiner Warte aus gesehn.

Die Kunst des Schreibens ist besonders auch für dich gedacht mit deinen Pralereien.

Noch weiter abzurutschen, lässt dich nicht mehr heiter sein, in deinem dünnen Häutchen.

Mysteriös ist alleweil, was dir begegnet, weil du nicht dahinter siehst trotz deinen Sperberaugen.

4.7
Du siehst nicht, wie die Zeit vergeht, weil *Meine* Uhren sich durch das Unendliche schlagen.

Mittlerweile hast du wohl begriffen, dass dein Sein sich mit dem Meinen fabelhaft versteht.

Erkennst du, was Ich meine, ist deine Meinung ausgemacht für Ewigkeiten

Die Klugheit ist der Weisheit unterlegen, weil diese Meiner rechten Seite zugehört.

Was in dir klingt, wenn Ich gesprochen habe, ist der Wohlklang, den Ich um Mein Sein verbreite.

Wohin geht die Reise, wenn du freilich über dich verfügen kannst? In den Wirkraum deines höheren Gestaltens.

Ich lege dir das All zu Füssen, spricht das Sein; doch du willst dich lieber mit bedauerlichen Dingen plagen.

Im Klartext heisst das: Spute dich, um den Anschluss an das Sein nicht zu verscherzen.

4.8

Was veranlasst dich, so abgrundstief ins Glas zu schauen? Deine Not, dich in Meinem Milieu zurechtzufinden.

Nur die Wachen können Meine Geistesglorie konkret erleben.

Was trägst du dazu bei, Meine Lehre hundertfältig zu verbreiten? Vor allem schimmert Meine Weisheit durch ihr Sein in unergründlicher Manier.

Geglättet sind die Lebenswogen alsogleich, wie Ich mit Meinem Sein darübergleite.

Was wägst du ab, wenn Ich dich darum frage? Kartoffeln oder Blumenkohl, nur nicht das Wesentliche, das Ich vor dein Beschauen lege.

Du kannst von Glück und Seinsbeglückung reden, wenn du was von dem verstehst, was Ich dir pausenlos besage.

Die Schafe meckern alsolange, wie sie nicht geschoren sind. Was kann Ich da von dir erwarten?

Warst du nicht eben noch ein Künstler deines Fachs, bis dir unversehns der Kamm geschwollen.

Die Gläubigen versammeln sich recht gern um jene, die was Angenehmes zu verkünden wissen, wenn es aber was zu tun gibt, flugs verschwinden sie.

Was immer dich beschäftigt, kann zuletzt nur Mich betreffen in des Lebens unermesslicher Allegorie.

Womit kann Ich dienen, wenn nicht mit dem Hinweis auf den fabelhaften Leumund, über den Ich überall verfüge.

Pickelhart ist nicht die Art, wie *Ich* den Eiswall aufzubrechen pflege, dafür sind Mir Liebewärme und Geduld gegeben.

Punktgenau wirst du vor Mir erscheinen müssen, um dein Sowieso vor Meinem Antlitz zu verbreiten. Willst du dich nicht schämen, sieh dich vor.

Was glaubst du, dass Ich dir im Ewigen bereitet habe? Haargenau, was du dir selber ausersehn.

Was alles willst du noch erreichen, bis du schliesslich doch den Kürzern ziehst? Nichts und alles in der Schule ewiger Genügsamkeit.

4.9

Das Packeis zertrümmern, das dich umschliesst, ist die erhabenste von deinen Pflichten.

Wie willst du dich zu Mir gesellen, ohne einen Deut von Meiner Seinsgewissheit zu verstehn?

Dahinter und davor geschehn makabre Dinge, die es gilt im Griff zu halten.

Moldauträge gleitest du durchs Leben, wenn du nicht in Meinem figalanten Sinn agierst.

Die mittlere Geschwindigkeit, mit der du dich Mir zu bewegst, kann ohne weiteres um zwei, drei Inkarnationen aufgebessert werden.

Was kann bei dir am Tiefsten sitzen, wenn nicht Meines Seins unendliche Doktrin.

Kaum einer wird bezweifeln, dass er *ist*, aber Zweifelhaftes ist ihm trotzdem eigen.

Wie fühlst du dich in Mir? Wohlan,
Ich wünsche: wohl.

Mindestens am Rand bist du mit Mir verwandt und
schmückst dich wohlgemut mit Meinen Federn.

Mein Gastgeschenk an deinem Hofe strahlt dir wie
die Sonne Glück und Lebensmut entgegen.

Lass dich nicht von dem verwirren, was von Tag zu
Tag Betrübliches geschieht, derweil bei Mir
die Rosen blühn.

In die Mitte Meiner Züge zieh Ich dich mit
überirdischer Geduld hinan.

Monsterdinge willst du frei heraus gebären und
vergissest dabei, Meine Ansicht zu erfragen.

Wer kann dich besser, als Mein Augenmerk,
in deinem An-dir-Wüten kontrollieren, derweil du
glaubst, es sei geheim getan.

Fraternità, Paternità und immer noch kein Frieden
in den Herzen der Protagonisten heher Ziele.

Wie kommst du nur dazu, Valet von Mir zu feiern,
wo du doch in Meinem Netze zappelst wie noch nie.

4.10
Wenn die straffe Führung fehlt,
fällt das Laub in Nachbars Garten.

Wie gerne wärst du einmal frei von allen
Herzensnöten, doch dann bist du tot.

Wir ziehen um und fliegen in den Süden, rufen sich
die Schwalben zu, dort ist das Paradies.

Im freien Fall wirst du bei Mir um Rat und Hilfe flehn,
und Ich gewähre sie.

Praktisch ist es schon, doch ob es wirklich nötig ist,
sollst du in allem Ernste fragen.

Am Rand der Zeit beginnt die Ewigkeit zu tagen.

In der Geistwelt staune Ich Mich selber an mit
unerschöpflichem Behagen.

Von beiden Enden her die Mitte finden, steht dir
wohl an in Meinem Kontext und Verfahren.

Erkenne die verehrenswerten Träume,
die Ich dir ins Brautbett lege.

Mutwillig sollst du niemals aufbegehren, denn es schadet deiner Reputation in Meinen respektablen Himmelsräumen.

Meinst du`s so, so meine Ich es anders, um dich zu ergänzen auf der Fahrt ins seinsvollendete Gehaben.

Wovon du zehrst, ist immerhin auf Meinem Acker gross geworden.

Was glaubst du, dass Ich an dir sonderbar entzückend finde? Deine Art, dich allem Leben völlig hinzugeben.

Beschwingt und heiter gehst du in den Tag und kehrst beseligt von ihm wieder.

Mitunter musst du dich wohl fragen, wozu dies alles gut sei in der Welten himmelschreiendemVerhalten.

Mach's gut, aber nicht auf Kosten deiner Brüder in den wogenden Gezeiten.

Wie tapfer musst du sein, um deine eigne Unrast zu bekämpfen und als Sieger aus der Querelei hervorzugehn.

Die Gedanken sind dir treu, weil sie sich stets an
etwas binden, das dann energisch mit dir geht.

Was dich heute kühl lässt, hätte dich vor Zeiten
schrecklich aufgeregt.

4.11

Zankäpfel sind zumeist von bitterm Weh
durchwoben. Ums Himmels willen, meide sie.

Ich zeige dir die Richtung für dein Herzenswohl.

Ohne Sprungkraft kommst du nimmer weiter
als der Rentner zum geliebten Bier.

Blanko unterschreiben kannst du nur auf *Meinen*
Formularen, weil sie koscher sind in kosmischer
Manier.

Ich bringe Geisteslicht in deine Sphären und
den Sinn für Universenweiten noch dazu.

Gehst du aus, so kann *Ich* in dir wohnen
mit dem Vorteil, dass Ich immer mit dir geh.

Barrieren sind zum Überspringen da,
sofern sie nicht für Züge gelten.

Linkisch sein hat den enormen Vorteil,
dass dir alle in den Mantel helfen wollen.

Wozu das Rauschen, eine Klingel würde auch
genügen.

Moderne Typen finden es nicht nötig,
Meinen Ratschlag zu erfragen.

Weiter als bis dort sollst du nicht gehn,
wo du keine Aussicht hast auf mehr.

In guten Treuen kannst du vieles tun, aber kluges
Überlegen muss dabei den Vorrang haben. I

Was liegen bleibt, soll von dir aufgehoben werden,
um der guten Ordnung willen im Allhier.

Hast du gesehn, wie vif die Spatzen sind, die sich
um deinen Brotkorb scharen? Tu es ihnen gleich
und schare dich um Meine Pickerein.

Wohin du schaust, gewahrst du die
entschiedensten Bedenken.
Und was steht bei dir bedenklich an?

Unfassbar ist manches, was dir so begegnet, doch
Mir gelingt es doch, ihm Fassung zu verleihen.

Wer sich ins Fäustchen lacht, Bin Ich, ob deinen lächerlichen Mustergültigkeiten.

Was treibt dich um, wenn nicht die Suche nach dem Glück für Ewigkeiten.

Wovon willst du noch leben, wenn dir der Appetit danach vergangen ist, Mein vielgeliebter Companion.

Was dir missfällt, ist immer auch ein Zeichen deiner Unbeholfenheit im Pläneschmieden.

In die Karten schauen lässt sich keiner, es sei denn allerdings von Mir.

Wie oft schon hab Ich dich daran erinnert, dass du Bist und immer willst du es nicht glauben.

Wohlan, es heben dich die Geister Gottes himmelan, sowie du ihnen nachgegeben.

Was kostet es dich, Meinem Sehnsuchtsruf zu folgen: Deines regulären Lebens bittern Strahl.

Woran du kränkelst ist gerade das, wofür Ich die bewährte Medizin erfunden habe.

Planlos sollst du niemals aus dem Hause laufen, du könntest unverhofft in einen Abgrund stürzen.

Selten wirst du im Vorübergehn von einem Ziegelsturz getroffen, aber wenn, dann eher schwer.

Bewahre uns vor Unheil, betet der Banause und wird trotzdem in ihm untergehn.

4.12

Der Spiesser brüstet sich mit seinen eklatanten Wundertaten. Willst du es ihm gleich tun oder Mir?

Wer hat dich mehr am Wickel: Dein Eigensinn oder die Geschichte Meines wunderbaren Seinsgefühls.

An Sukkurs von Meiner Seite soll es dir nicht fehlen, wenn du in den Taglohn schreitest.

Mit Mir am Bändel werden deine Lebenstage licht und morgenschön.

Was hast du zu verlieren, wenn du Mich gefunden hast? Keinen Heller, weil die Götterhelle dich umstrahlt.

Möglichst lange sollst du im Bewusstsein deiner selbst verweilen, weil es Meines ist dazu.

Tradition ist es, solange du die Farbe deiner Socken unterscheiden kannst, wenn nicht, ist es Demenz.

Macht es dir Müh, das Kleingedruckte abzulesen, lies denn halt das Grosse noch einmal.

Wovon die Menschen Träumen, zerstiebt, wie eine Seifenblase.

Karajan ist auch einmal ein kleiner Fisch gewesen. Wohlan, Mein Lieber, willst du mehr?

Trage niemand etwas nach, hör dir lieber Meinen Vortrag an.

Nichts ist zu viel von dir verlangt, wenn Ich dich zur Arbeit in Mein Bergwerk führe.

Anderswo musst du natürlich auch ein andrer sein für Meine nimmermüden Späheraugen.

Worauf kommt es bei dir an? Bei Mir aufs menschenwürdige Benehmen.

5

Wahrhaftig sein ist eine Kunst

5.1

Keine Frage, dass Mein Einfluss als bedeutend und erforderlich betrachtet werden muss, in allen Breitengraden.

Wohlan, nun gilt es, was du weisst, auch anzupacken, auf dem Wackel durch die Lebenszeiten.

Kann es sein, dass du nicht einmal weisst, was du denn Bist: Der Allsinn vor dem Herrn der Welten.

Klug ist gut, doch Weisesein bringt dir bedeutend mehr ins kuriose Leben.

In allem Ernst will Ich dich nach dem Sinn in deines Lebens Sinngedicht befragen.

Klaglos sollst du über alle Berge schreiten, die Ich dir vor`s Zehenspiel gelegt.

Was Wunder bist du stolz auf deine Taten, denn sie kommen allesamt aus Meinem prosperierenden Juhee.

5.2

Wahrhaftig sein ist eine Kunst, die sich die Götter vorbehalten haben.

Einen veritablen Götterfunken lass Ich zu dir strahlen. Und was wendest du Mir zu?

Magere und fette Zeiten reichen sich bei dir die Klinke, Ich jedoch muss keinen Finger dafür rühren.

Wie erträgst du deine Lasten, wenn sie nicht von Meiner Seite mitgetragen werden?

Echte Partnerschaften pflegen sich durch dick und dünn zu folgen, selbst wenn es brenzlig wird im Hinterhof.

Im Bieten Bin Ich grandios, doch potente Käufer fehlen.

Was liegst du Mir konstant in beiden Ohren, wo Ich Mich doch auch einmal vernehmen lassen will.

Offensichtlich hast du Mühe, dich in deinem wahren Aufzug zu gewahren, derweil Ich dich schon immer darin sah.

5.3
Rastlos gehst du hin und wider und kommst ohne Meinen Stüber nicht voran

Von Tag zu Tag sollst du mehr Achtung gegenüber Mir gewinnen, in der Lebensschulung um dir her.

Woran kann dir mehr gelegen sein, als am Beziehungsnetz, das Ich dir geknüpft und zugewiesen habe?

Du mischest dich in viele Dinge, warum denn niemals in die Meinen?

Ich kann schliesslich nichts dafür, dass du dich nur nach deinem Eigenwillen durch die Welt bewegst.?

Was nützen dir die teuersten Galoschen, wenn du vergissest, sie im Regenwetter anzuziehn?

Kraftvoll geh voran, trotz allen Nöten und erringe dir das vielersehnte Ziel.

Mit einer, Meiner Stimme, Bin Ich allen andern Stimmungen bedeutend überlegen.

Partei ergreifen sollst du nur, wenn du dich vordem Meiner angeschlossen hast.

In dulci jubilo magst du begeistert singen, bis es dir bewusst wird, dass es jemand dir missgönnt in deinem An-dir-Wüten.

Niemals kannst du wissen, was Ich schon lange weiss und mit Meiner Weisheit wundervoll begabe.

Wer auf dem hohen Ross sitzt, muss sich nicht verwundern, wenn er halt hinunterfällt, ob seinem linkischen Benehmen.

Siehst du ein, dass etwas mit dir schief geht, wenn du grün statt rot siehst im abendlichen Stossverkehr?

Keine Furcht vor bösen Träumen, das Erwachen bringt dir Glück und Ruh.

Wie weit der Weg zu Mir auch sei, es lohnt sich, ihn voll Tapferkeit und Würde zu beschreiten.

Dem Lockruf der Vernunft zu folgen, sei dein edelstes Geschäft, beim Zähneknirschen.

Bachab zu schicken ist nicht schwer, dem Strom zuwider schwimmen aber sehr.

„Bewahre mich vor allem Übel", betest du und tust es doch in leidenschaftlicher Manier.

Wirf die Flinte nie ins Korn, sie könnte einem Hasen den Garaus bescheren.

Mach dich auf die Socken, eh sie voller Löcher sind,
vom Auf-der-Stelle-Treten.

5.4
Unbrauchbar sind jene Typen, welche ihren Worten
keine Taten folgen lassen.

Willst du etwas Feines konstruieren, fange mit dem
Grundriss an.

Wo Berge sich erheben, gesellen sich die Täler
alsogleich dazu.

Minutiös verfolgst du deine eignen Pläne,
derweil Ich sie ins Jenseits laufen lasse.

Das Redliche pflegt, einem Rädchen gleich, vor dir
her zu laufen, derweil die krasse Unrast dich
blockiert.

Freilich will Ich dich in deinem Sein besuchen,
um es immer besser zu verstehn.

Ich kenne dich, mit allen Konsequenzen die daraus
erstehn, und nenne dich bei Meinem sinngeladnen
Namen.

Moralisch ist so recht wie gut, doch muss es auch gepflegt und ausgehalten werden.

In jedem Manne wohnt ein Kind und keiner will es glauben.

Der Sender meldet Regen, doch die Pelerine: Hochgenuss.

Kläglich sind die Klugen, wenn sie über's Ohr gehauen werden, doch den Dummen kann nichts Schlimmes mehr geschehn.

Wer macht dich los, wenn du dich festgebunden? Meine Hacke, wuchtig und famos.

5.5
Wachst du auf, so bist du immer noch am Schlafen gegenüber dem, was Ich als Wachheit seh.

Schräg hinauf ist immer noch dezenter, als im freien Fall hinunter in die Abgrundstiefen.

Was du magst, kann dir auch einmal auf dem Magen liegen.
,

Mit dem Winkelmass gemessen ist manches, was gerade schien, bedenklich schief geraten.

Wählst du das Plus, so kann Ich dir getrost ein
zweites unterlegen.

Der erste Eindruck kann auch täuschen,
doch der zweite nie.

In der Regel läuft Mir nichts davon,
doch davon scheinst du ausgenommen.

Willst du etwas klären,
kläre dein Verhältnis zu Mir auf.

Kichererbsen kommen dir zustatten,
wenn du trauerst um dein Eigenwohl.

Willst du dich um einen Rang erhöhen,
wende dich Mir zu in deines Daseins Ich-Natur.

Kompakt muss sein, was du an Mich verschwenden
willst, in deinem nonchalanten Selbstgenügen

Gewitterstimmung herrscht, wenn Ich mit Meinem
Zorn den Himmel überfahre.

Was glaubst du, dass dich rettet, wenn nicht Meiner
Zuversicht Elan.

Trachtest du nach Frieden, brauchst du nur an
einen stillen See zu dislozieren.

5.6

Wohlverstand und Glück sind auf derselben Spur
zu finden, wenn du sie innig suchst.

Wer schummelt taucht ins Arge und muss von Mir
herausgefischt und abgebürstet werden.

Wallst du hin, so wall Ich her und finde dich
im Seinsgestrüpp per Zufall wieder.

Das Magma Meiner Träume muss die deinen
haushoch überfluten.

Vorzupreschen lohnt sich nur, wenn *Ich* dabei
die Türen offen halte.

Ich künde dir den Frieden an, sowie du offen bist
ihn anzunehmen.

Legst du Wert auf gute Sitten, kann *Ich* sie dir
fürs Leben gern zugute halten.

Ich trage dich dir nichts nach, solang du fähig bist,
dich selbst davonzutragen.

Das Goteske soll dir nimmer schaden, weil *Ich* ihm
die Stirn biete, governal.

Bewunderd steh Ich vor der Statuette und glaube
gar, sie nickt Mir freundlich zu.

Ich belebe dich mit Meinem Geiste und du
willst es nicht gewahren.

A la minute kannst du bei Mir alles haben,
nimmst du dir nur die Zeit dazu.

Was zu beachten ist, sind Meine Regeln
für den geistigen Verkehr.

Bist du immun, so suchen sich die Viren
anders einzuschleichen.

Viel mehr musst du nicht tun,
als Mir tiefinnig zu vertrauen.

Wes Lied du singst, des Auftrag wird von Mir erfüllt
im Allumfangen.

Bereite dir ein Fest aus Heiterkeit und liebevollem
Seinsumfangen.

Ich begrüne, was noch brach gelegen hat, in deinem
Seinsverlangen.

5.7
Willst du dich in Mir verlieren, traue dir das
Allerhöchste zu.

Des Pudels Kern erweist sich oft als Buch mit
sieben Siegeln, nur von Mir geoffenbart zu kriegen.

Den Trank der Lethe hab Ich dir gereicht,
und du hast ihn in einem Zuge ausgetrunken.

Pardon, aber bist du der, der alles besser weiss,
als *Ich* es für gut befunden?

Wie beurteilst du die allgemeine Lage?
Für die einen wünschbar wie noch nie,
für die andern eine Katastrophe im Quadrat.

5.8
Wogegen Ich Mich wende, ist der Glaube an den
Zufall, der die gläubigen Gemüter in die Ängste jagt.

Meide das Extreme, damit du nicht
im Honigtöpfchen untergehst.

Billige, was Ich dir zugebilligt habe, damit dein Sein
erfolgreich wird in wohlgemessnen Zügen.

Was *Ich* dich heisse,, sollst du willig tun,
damit Ich dich getrost dafür belohnen kann.

Ich trage Mustergültigkeit in deine gute Stube,
um dich zu erheitern über deinem schweren Los.

Konsterniert betrachtest du den Schaden, der sich
auf deinem Konto subsummiert und denkst nicht,
dass er auch auf Meinem figuriert.

Krönungen sind selten, aber wenn,
dann wunderschön.

Ich beliebe auszuflippen, wenn was Überirdisches
geschieht, in deinen Fluktuationen.

Hin und wieder Hofnarr spielen tut dem Völkchen
wohl, weil es sich erhaben dabei fühlt.

Was dir auf der Zunge brennt,
sollst du nicht zu lange auf ihr halten.

Meide das zu Meidende, damit es dich
nicht drangsaliert, eh du`s recht bedacht.

Das Festliche berührt dich dann am Meisten,
wenn du mitten in ihm hin und wider gehst.

Konsequent sein heisst, mit allen Mitteln
vor dir selber grad zu stehn.

Geerdet sein ist gut, solange auch der Himmel über
dir zum Zuge kommt.

Ein Meisterwerk zu schaffen ist nicht schwer,
solange es aus Meinem Augenmerk geschieht.

Melodiöses regt zum Tanzen an,
Eintöniges zum Schlafen.

Gerundetes hat die Tendenz, dich im Kreis herum
zu führen, Gradliniges hingegen führt dich zu den
Sternen.

Stoff ist rasch gefunden für Geschichten, die du Mir
erzählst, aber ob sie wahr sind, muss Ich jedenfalls
bezweifeln.

Querverbindungen verkürzen deine Wege,
begehen aber musst du sie trotzdem.

Was dich irritiert, muss nicht immer schlecht sein,
es könnte dir auch Luft verschaffen.

Die Lust am Knabbern wird dir bald vergehn,
nachdem du einen Zahn damit herausgebissen.

Nach deinem Sturz find Ich dich bald im Himmel der
Gerechten wieder, wenn du`s verstehst, genügend
Gas zu geben.

5.9

Bestimmend ist, was Ich bestimme in des Lebens
lichtem Flor.

Drangsal musst du nicht erleiden, wo *Ich* hinter
deinen Schritten steh.

Brot für Brüder kann auch dich betreffen,
wenn es um den ärgsten Hunger geht.

Die Moral von der Geschichte ist meist rascher
vorgetragen, als sie sich ereignet hat
mit ihren liederlichen Eskapaden.

Das Bekannte wird verdrängt vom Unbekannten
im Quartier.

Wenn schon die Flöhe dir zu schaffen machen,
wieviel mehr die heulenden Hyänen.

Die Lust an Zanken wird dir bald vergehn,
wenn *Ich* dich in die Schranken weise.

Genügst du dir nicht mehr, so muss wohl Ich
an deine Stelle treten.

Geboren und gestorben hört sich locker an,
doch was dazwischen liegt, kann umso mehr
ins Auge stossen.

Wer das Feste liebt, will auch nicht schwimmen
lernen.

Ich entferne, was Mich stört, du hingegen
scheinst es regelrecht zu suchen.

Vif sein kann auch in die Hosen gehn, wenn der
Wille fehlt, zum rechten Zeitpunkt aufzuhören.

Spatzen sind so mutig, auf dem Gartentisch zu
landen, du hingegen landest in der Gosse,
weil du`s versäumst, es ihnen gleich zu tun.

Sprichst du wenig, sprechen alle anderen
und widersprechen sich im Handumdrehn.

Gehst du aus, vergiss nicht, wieder heimzukehren,
sonst gibt's Ärger im Quartier.

5.10
Peinlich wird es für dich dann,
wenn dir die Hosenträger reissen.

Muss es denn immer Sahne sein, oft würde
Pastmilch auch genügen.

Du merkst es nicht, wenn dir die Dinge aus dem
Ruder laufen, bis du dich pudelmass
davonschleichst aus den Wogen.

Wohlfeil mag vieles sein; zu was es taugt,
ist eine andre Frage.

Wer bricht sich besser Bahn als Ich
in Meinem weltenschaffenden Agieren?.

Was dich vorwärts bringt, hält dich zurück
vor dummen Streichen.

Was *Ich* erwäge, ist erwägt für Ewigkeiten.

Was alles glaubst du zu ergattern,
wenn du dich durch einen Flomarkt wühlst.

In die Weite hab Ich Mich geschwungen und Bin nun
ganz in deiner Näh, hab Mich aufs Innigste mit dir
verbunden, mit reiner Liebe wie Ich seh.

5.11

Das Sekundäre wird primär, wenn es dir wichtig scheint beim Lösen deiner Knoten.

Vieles was, *dir* überaus gefällt, ist weit entfernt von Meinem Wohlgefallen

Gehab dich wohl und schnauze niemand an in deinem Unmut und geplatzten Kragen.

Was weisst du denn von Liebe, hast du jemals einen Stein verehrt?

Dein Prestige nimmt gewaltig zu, wenn du dich dazu überwindest, keine Klagelieder mehr zu singen.

Brichst du aus, so ist es in der Folge weiser, nicht mehr einzubrechen.

Propheten sind auch Menschen, nur haben sie den Vorteil, Umgang mit dem Künftigen zu pflegen

In Windeseile breitet sich die schlechte Botschaft aus, geschwinder kann die gute nimmer laufen.

Wo die Hunde beissen, sollst du es vermeiden, der Letzte zu sein auf der Wanderschaft zu Mir

Im Gerede sollst du schweigen und im Schweigen
rede *Ich* gar liebevoll zu deiner Seele.

5.12
Wer kneift, soll bei sich selbst damit beginnen.

Reg dich nicht auf, wenn sich die Wirbelwinde
regen, nichts Ungebührliches wird dir durch sie
geschehn.

Nach der Schrecksekunde rettet dich die Reaktion
vor dem Verderben.

Kreidefelsen sind apart, aparter als dein
Bleichgesicht im Angsterfahren.

Wohin lockt`s dich noch zu fahren, wenn du ohnehin
im Lockdown liegst.

Schwierigkeiten gibt's nur dort, wo du sie
sprossen siehst in deinem Hinterstübche

Der Weltenplan will planvoll abgehandelt werden,
sonst verdirbt, was rechtens prosperieren wollte.

Im Gewebe deiner Taten Bist du so
und willst es partout anders haben.

Sonderlich gelassen fängst du an und findest dich in hundert Unbekömmlichkeiten wieder.

Standart soll bei dir beharrlich werden, was bisher noch reiner Zufall war.

Wo`s dich zwickt, da unterlass das Kratzen; es könnte sich in Kürze als verzwickt erweisen.

Was Wunder bist du aufgelöst, wenn die schöne Nachbarin vorübertänzelt.

Willst du Frieden, lass dich von Meiner Sonne lieb bescheinen und erkläre dir die Welt als wunderbar.

Was du nicht kennst, kannst du nicht lieben; seit du Mich erkannt hast, ist dir das Weltensein ein wonnevolles und bezauberndes Idol.

Wofür willst du auf die Barrikaden steigen, wenn nicht für Mich und die Verwirklichung von Meinen Idealen.

Mengenmässig sind die Guten noch am kürzern Hebel, aber in der Qualität von *Meinen* Gnaden überwiegen sie.

Wie tastest du dich denn voran? Mit der Inbrunst Meines Weltsystems.

Ich verbiete Mir das Lamentieren über die enorme
Schlechtigkeit der Welt, derweil Ich sie so prächtig
und verehrenswert erschaffen habe.

5.13

Wer sich auf sich selbst besinnt,
hat alle Lebenstrümpfe in den Händen.

Geerdet musst du sein mit deinen Füssen und sollst
mit dem Haupte in den Himmel ragen.

Begehre nichts als Mich und du wirst deine blauen
Wunder wonnevoll erleben.

Pünktlich sei zur Stelle, wohin Ich dich gerufen,
sonst wird ein anderer den Braten
aufgegabelt haben.

Dein Heil ist in der Heiligung der Welt,
von Meiner Warte aus, bereits vollzogen.

Mystisch mutet dich noch vieles an,
was vor Meinen Augen ganz natürlich offen liegt.

Ein Geschwader muntrer Schwalben schiesst an dir
vorüber, dem Mückenschmaus zu frönen.

Reg dich nicht auf und hindere Mich nicht daran, dich anzuregen.

Was zählst du noch und musst doch immer neu beginnen, weil du vergissest, was schon einmal war.

Ich geb dir ein, was du auszugeben hast in wunderbarer Einigkeit mit Mir.

Du könntest reden in gedankenvoller Weise, doch du stotterst mit dem Zungenschlag.

Du verbindest Seinsgewandtheit und Gottseligkeit mit dem, was *Ich* dir Bin, in deinen seelenvollen Meditationen.

Milchreis macht dich stark, doch ungleich stärker ist der Brei, den Ich zur Stärkung deines Seelenseins verrühre.

Was immer du begreifst, ist längst von Mir begriffen worden.

In Meinem Umkreis gibt es kein Malheur, vielmehr nicken Mir die seelenvollen Wesen Wohlverstand entgegen.

Berühmtsein ist nur wahrhaft licht und schön,
wenn es dich bescheiden lässt im Seinsverkehr.

Begibst du dich auf Reisen, geb Ich dir den Typ,
geh nicht auf allzu festen Gleisen, dann kannst du
viel Bemerkenswertes intus kriegen.

Wie schön glänzt dir der Morgenstern und wenn du
wach bleibst, wird er dir auch noch die Nacht
beglänzen.

Trägst du die Last der düstern Stunden geduldig
vor dich hin, werde Ich die hellen mit besondrer Lust
begaben.

Wandre ohne Murren durch die Zeit
am Zügel deiner Bodenlosigkeiten.

Wofür denn hältst du dich, wenn die Andern dich für
etwas gänzlich anderes halten?

Getraust du dich, Fraktur zu reden,
rede Ich schlagkräftig mit.

Davor und dahinter liegt alles im Nebel, nur dem
Jetzt gebührt die Ehre, Sonnenkraft zu atmen.

Freilich suchst du rasch das Weite, wenn es darum
geht, der Unbill standzuhalten.

Ich warne dich vor den Zuviel an Eifer, er könnte
bald einmal zur Eifersucht entarten.

Hohe Schule ist's, Mein Lob auch dann zu singen,
wenn die Hähne Feierabend krähn.

Dem Instinkt zu folgen ist nicht schwer, schwierig
aber ist`s, die Seinsvernunft zu pflegen.

Verehrst du Mich, kann Ich deinem Namen den
der Gottesfreundschaft zugestehn.

5.14
Genierst du dich denn nicht, so aufzutrumpfen,
derweil dein Konto offenbar im Minus steht.

Was hilft es dir berühmt sein, wenn du zu Haus
ein Knacker bist, gepiesackt und geschlagen.

Du magst dich noch so sehr in Demut hüllen,
Ich durchschaue dich von innen her und lasse dich
zum Richter führen.

Tapfer magst du scheinen, doch wenn es ernst gilt
seh Ich dich wie Spreue vor dem Wind verstieben.

Was beliebst du heute Nacht zu tun? Ich schlafe
durch und finde Mich am andern Morgen
in Mir selber wieder.

Niemand regelt, was du Bist, so trefflich und so
brüderlich, wie *Ich* es kann in deinen kläglichen
Pulsationen.

Wo wähnst du dich zu sein, wenn es dir nicht behagt
in Meinem Fürstentum zu weilen?

Goldrichtig lässt du deine Zähne blinken, wenn es
dir darum geht ein blendend Referat zu halten.

So mir nichts dir nichts kannst du Meinen
Seinsbegriff nicht überbieten, es sei denn deiner
habe mehr am Hut.

Listenreich und kompatibel sind die Worte des
Verführers, denen du nur allzu leicht erliegst.

Vielbeachtet und geliebt sind die von Mir
gehätschelten Propheten wahrer Menschlichkeit
und Harmonie.

Das Redliche macht mehr Sinn, als alles noch so
ehrlich scheinende Erscheinen.

5.15

Die Gaunereien, die die Irrgeleiteten betreiben,
tragen in sich den verdienten Lohn.

Das Mindeste, was dich betreffen soll, ist
Meines Namens Modulation im Wortverspielen.

Woran willst du dich klammen,
wenn *Ich* dir den sichern Halt entzog?

Betest du, so bitte um Verzeihung für die Ignoranz,
mit der du Mich zu übergehen pflegst.

Bist du vif, so trage deinen Eifer hin und wieder
Mir entgegen.

Merklich kühler bist du Mir begegnet, seit Ich
Disziplin von dir verlangte, Meistersängerin.

Deine Art zu sein, soll bald einmal der Meinen bis
aufs Tüpfchen gleichen.

Kannst du unendliches Vertrauen in Mich
generieren, bist du auf dem Weg ins mystische
Format.

Kleidsam und konkret ist Mein Umhang, wie Mein
Umgang mit den Meinen.

Die Trikolore der Behutsamkeit steht dir wohl an,
sowie du sie zum leuchtenden Symbol erhoben

Kraut und Rüben durcheinanderwirbeln schickt sich
nicht für Rechtsgelehrte, wie du einer Bist und Ich
in dir.

5.16
Wenn Dicke durch das Dickicht gehn,
muss doppelt viel gerodet werden.

Ich rufe hüst und du rufst hott und beide glauben an
demselben Strick zu ziehn.

Verschmähst du Geld, dann helf Ich dir,
es wegzuwerfen.

Zierst du dich gar zu sehr, so kann sich, was dir
angeboten wird, ins Gegenteil verkehren.

Wills Gott, hab Ich schon oft gesagt,
du sollst *Mich* in dir suchen

Hat es dir der Mufti angetan, so musst du dich nicht
allzu sehr vor ihm verneigen, sondern einfach
zeigen, was du kannst, zu seinem Wohlgefallen.

Dort beginnt bei Mir der Ernst des Lebens, wo der deine aufhört, angemessen und kulant zu sein.

Immer geht Versteckenspielen mit dem Risiko einher, es könnte sein, dass dich niemand finden will.

Glaubst du dich sicher, denk daran, dass Sicherungen dazu neigen, beim geringsten Anlass hochzugehn.

Mir kommt es darauf an, dass Meine leiblichen Geschwister sich in ihrem Geistsein wiederfinden.

Der Kronenwirt trägt lediglich den Namen, Ich aber trage sie erhobenen Hauptes durch Unendlichkeiten.

Bist du durch Mich reich geworden, so könntest du dich hin und wieder liebevoll dafür bedanken.

Wo wolltest du geboren sein, wenn nicht gerade dort, wo du dein Sein erlebst in so und soviel Freudenjahren.

Hat sich dein Herz verfinstert, helle Ich es wieder auf mit liebevollen Meisterzügen..

6

Wo treffe Ich dich an

6.1

Ich übe mit dir, was Mir wert zu üben scheint und lasse dich dann in die Freiheit fahren.

Bestimmung ist, wenn alle Stricke reissen und du trotzdem an dein Ziel gelangst.

„Bleibe doch bei uns, denn es will Abend werden". Kann eine Bitte mehr von Liebe zeugen und vertraulichem Verkehr?

Im Nichts begann dein Sein und nimmer wird es enden in den Daseinstiefen wie den Himmelshöhn.

Du stehst und gehst und dennoch bleibst du an derselben Stelle stehn, in deinem Wirtschaftsleben.

Wo treffe Ich dich an, wo du doch Mir entgegenlaufen wolltest?.

Bist du heiter, heitert sich dein Himmel auf und lässt das Wolkenbild vor dir verschwinden.

Was kannst du gegen Heimweh besseres tun, als Mich zu konsultieren.

Jede deiner Regungen soll eine Wende sein zum Guten, das Ich hoffnungsvoll in deiner Mitte seh.

Bist du älter, kannst du nur noch jünger werden,
in der Neugeburt, die dir im Ewigen bevorsteht.

6.2

Wie soll sich das mit Mir zusammenreimen, was du
täglich völlig unbesonnen unternimmst, zu deinen
eignen Gunsten?

Was trägt sich zu? Bewahre die Gesetze deiner
Welt und lass sie hinter dir sowie du dich den
Meinen näherst im erstrahlenden Allhier.

Ich bewege nichts und dennoch wird die
Universenwelt durch Mich bewegt.

Rastest du aus, so raste Ich dich schleunigst wieder
ein, damit du keinen Schaden leidest.

Willst du dich Meiner Gaben schlicht und recht
bedienen, kann *Ich* sie dir aus Meinem Füllhorn
zugestehn.

Was hängig ist, kann Ich dir bestens gängig machen
in der Seinsgewissheit die Mir eigen.

Klagst du dich bitter an, so ist es Mir daran
gelegen, deinen Jammer selbander mit Mir
auszustehn.

Was für Mich bindend ist, soll auch für dich gebunden sein und was Ich löse, sei in deinem Innersten gelöst.

Trägst du nichts zur Sache bei, so bekommst du es mit Mir zu tun in deinem lässigen Gerieren.

Wonach du trachtest, kann dich in die Irre führen oder gradewegs zu Mir.

Du nützest viel, wenn du das Nützliche beförderst, nach der Götter liebevollem Stil.

Harpunierst du deine eignen Pläne, kann auch *Ich* mit ihnen nicht mehr in die Gänze gehn.

6.3
Kennst du Meinen Namen und verkennst ihn nicht, so gewähre ich dir dazu Mein prägnanntes Amen.

Mit welchem Rat kann Ich dich noch bedienen, wenn nicht mit dem, das Zeugnis Meiner Gegenwart zu werden.

Dein Schau`n schaut Meines an und Ich verehre es dir wieder.

Mächtig schwillt das Glück der Sterne in dir an und
hallt in Meinem Seinsbewusstsein wieder.

6.4

Schnitt die Parze ihm den Lebensfaden widewitt
entzwei, soll er nun seine Ruhe haben
in des Universums Einerlei.

Mit dem Weltenleben ist es aus, derweil Ich dich
zu Mir gezogen, in des Vaters Sternenhaus,
liebevoll und wohlerwogen.

Geschwind hat er sein solitäres Jagdgebiet
verlassen müssen, um das eine, allgemeine
zu betreten.

Gewusst wie, kommt in diesem Falle nicht so recht
zum Tragen, weil es Meines sachgerechten Rats
entbehrt.

Weil du nicht spurst, will Ich dich Mores lehren und
dir ein dumpfes Halleluja auf deinem Hünengrab
verehren.

Sein Weggang war umstritten, dann liess er sich,
eh er verblich, nicht lange darum bitten.

Womit tanzest du, wenn du beileibe nicht mehr
tanzen kannst.

Ein Rabe hat ihn wohl geküsst, dann ist er leblos hingesunken. Zum Glück hast du ihn noch gegrüsst und ihm Ade gewunken?

Eine Orgel hat geklungen und ein Sopran dazu gesungen, um ihn im letzten Augenblick beliebt zu machen.

Er fand Geschmack am Sterben, als man ihm sein Testament mit null zu null zur Kenntnis brachte.

Tausend Wünsche verdrehten ihm den Kopf,
derweil er in die Grube sank
auf Nimmerwiedersehn.

Was bleibt, ist nicht mehr viel, geschweige denn sein Un-Vermögen

Er war im Amt solange,
bis es amtlich mit ihm wurde.

Der Fall war klar, noch eh er sich zur andern Seite wälzen konnte.

Nun darf er seine Lebensfrüchte heiter, oder grimmigen Gemüts, geniessen.

Ich trage dir nichts nach, denn die Konsequenzen musst du selber tragen.

Wo vordem Bangnis war, ist es ihm nun
zum Freudenfest geworden.

6.5

Magisch zieh Ich dich hinan, wenn du's nur merken
wolltest, deinem Wonnesein zulieb.

Wenn du dich äusserst, geh Ich tief in dich hinein,
dein Herzweh zu beheben.

Manche schöne Geste kann Ich dir zugutehalten,
wenn es in derselben Weise mit dir weitergeht.

Der Baum, der vor dir steht, wird dich wohl
um Jahre überleben.

Wenn du willig bist, kann Ich dir Bedeutendes von
Meinem Seinsempfinden und Genie erzählen.

Wenn die Frühlingslüfte wieder wehn, schlägt
manches Herz der Sonne liebevoll entgegen.

Ich sehe Mich im Hier und Dort, das Wesen
der Allherrlichkeit zu feiern.

So kommen wir voran im klösterlichen Schweigen

6.6

Merk auf, wenn Ich dir zu bedenken gebe, dass die Klugheit dich zerstört, sofern sie nicht von Meinem Weistum profitiert.

Wie lang kann das noch dauern, dass du Meine Gegenwart vermissest, obwohl Ich immer bei dir Bin.

Kein Weg ist zu beschwerlich, um zu Mir zu kommen, in deinem szintillierenden Gemüte.

Wo kannst du deine Mängel besser korrigieren, als in Meinem räteschlagenden System.

Knapp und knapper wird's um deinen Brotkorb, wenn du ausgibst, was du noch behalten solltest.

Glaubst du noch immer, dich dereinst sanieren und verwirklichen zu können? Doch dann ist es gewiss zu spät.

6.7

Meide, was zu meiden ist, doch suche, was du zweifelsohne finden musst in Mir.

Dein Wert erhöht sich schrittweis auf der Heimfahrt in Mein hintergründiges Allhier.

Was du immer willst, kann Ich dir geben, wenn es sich in Mein Konzept und Meine richtungweisenden Ideen fügt.

Binnen kurzem wirst du bei Mir landen, wenn du nicht mehr zweifelst an der Richtigkeit von Meinen fulminantenThesen.

Es bringt dir mehr, an Meine Linie dich zu halten, als an deine in der vulnerablen Zeitennot

Nicht ohne ist die Schleckerei in deinen vollen Taschen, aber ohne Meinen Segen.

Das Makabre liegt Mir nicht, so viel Ich weiss, geniesst es aber deines Übermutes Gaukelspiel.

6.8
Wovon willst du besessen sein, von deinen niederen Instinkten oder von der grandiosen Sicht auf was du Bist in Mir.

Was überlegst du noch, ob alles mit dir gut ist, derweil du dich zu Mir geschlagen hast mit deinen Kostbarkeiten

Ein Idiom ist immer auch ein Zeichen der Vernunft in *Meinem* Sinne, glattgestrichen, generös und morgenschön.

Mit dem und dem kann man nicht reden, gibst du oft von dir, dabei vergisst du nur, den eignen Mund zu halten.

Das Elend kommt von innen und pflanzt sich dann nach aussen fort in deinen Wichtigtuereien.

Machst du es so, ist es nicht recht und führst du's anders aus, wird es den Nörglern in der Tat noch weniger gefallen.

Kennst du dich wirklich, braucht es schon recht viel, um dich ausser Rand und Band zu bringen, in des Lebens veritablem Würfelspiel.

Bäumst du dich auf, so bäume Ich dich nieder, mit den Mitteln Meiner Kunst, dich in die Himmelshöhn zu hieven.

Konsequenterweise sollst du Meine Sprüche mit dir tragen, wenn das Leben dir die gute Laune zu vermiesen droht.

Rotgerändertes mag Ich nicht schmecken, umso weniger, wenn es um deine Augen geht.

Was Profil hat, geht zumeist auf Meine Rechnung in der Schule der Vernunft, die Ich seit Ewigkeit betreibe.

Du glaubst gescheit zu sein, derweil du an der eignen Weisheit scheiterst, wenn sie ohne Mich floriert.

Was lässt sich weiter von dir sagen, als: du bist normal und versuchst es weiterhin durch dick und dünn zu bleiben.

Dein Wendehälschen soll gebührend spüren, welchen Nachteil es geniesst mit seinem lächerlichen Jolen.

Bist du mager, schau beizeiten, dass du fetter wirst, doch um`s Himmels willen nicht zu sehr.

6.9
Mischelst du mit, so denk daran, dass deine Stunde erst gekommen ist, wenn *Ich* sie angeordnet habe.

Was klagst du über Unlust, derweil so viel zu punkten wäre in des Seins gerissenem Turnier.

Zu denken gibt es Mir, wie unbesorgt die Leute tanzen gehn, mit Meinen sagenhaften Idealen.

Hörst du den leisen Ruf in deiner Seele? Er ist von Mir ein Zeichen der Barmherzigkeit am Sein und Leben, das Ich universenweit errichtet habe.

Mein Netzwerk ist Unendlichem anheimgegeben
in des Seins Gewalten, Übermacht und Stil.

Ich verbinde alle Wesen mit dem Lichthauch
der Unendlichkeit, in dem Ich Bin und wese.

Wohl dem, der seiner Tage Soll in Mir
statt ausser Meiner Seinspräsenz erfüllt.

Was Ich stumm ertrage, soll auch dir in deinem
Reduit ertragbar und genehm sein.

Ich leite dich zur Schönheit des Genesens
von der Welten Drangsal und Zerstieben.

Gerechtigkeit am Sein ist alles, was Ich wünsche,
von der auserwählten Schar.

Ich bringe allen dar, was Ich erreicht und
eingemittet habe.

Strebst du Mir zu, verleihe Ich dir ungeahnte Kräfte,
um dich immer weiter in Mein Reich hineinzuführen.

Wie konsequent sind deine Züge, wenn sie Mich
betreffen in der Zeitenflut? Noch recht zimperlich,
solang du Meiner Hilfe nicht vertraust, im Gerangel
der Versierten.

Was du bei Mir konstatieren kannst, ist eine freudige
Erregung auf dein Kommen hin.

Ich schütze dein Geschick mit Mammutformeln und
Verbissenheit in was du für Mich Bist.

Merk dir gut, was *Ich* dir zum Begreifen in die Hände
lege, denn es könnte dich vor manchem Schreck
und mancher Untat sicherlich bewahren.

6.10
Kannst du ermessen, mit welchem Aufwand Ich zu
dem gelangt Bin, was Ich Bin, in Meiner Eigenschaft
als Weltengeist von allerhöchsten Graden.

Sprichst du von dir, so könnte jemand meinen,
deine Weltschau sei vollkommen austariert. Doch
wieviel Details sind bei dir noch ungeklärt.

Ich beginne aufzuwachen, wenn du schläfst,
in deines Wesens wirklichem Profil.

Wo hinein du mündest, ist Mir längst bekannt, dir
hingegen fehlt es noch an der Erkenntnis deines
Wellenschlagens.

In welche Richtung willst du dich getrieben sehn?
In den Abgrund oder in Mein Reich der
allumfassenden Natürlichkeit im Geistesleben.

Kein Präjudiz soll dich dazu verführen, zu etwas anderm als zu Mir zu halten, in der Ausarbeitung deiner Lebensqualitäten.

Viele Worte sind des Gotteswortes Tod, womit erwogen wird, dem Predigen das Schweigen beizubringen.

Was findest du an Mir so graziös? Die Art und Weise wie Ich dem Geziemenden die Stange halte.

Bestehst du nun darauf, das Unbedachte hinter dir zu lassen und Meiner zu gedenken in der Tage Feuerglut.

Ich lichte auf, was in dir dunkel war und versetze dich ins schweigende Prästieren dessen, was *Ich* dir bereitet habe.

Du befindest dich im Aus solange, bis Ich dich berufen habe als Gesandter Meines menschenfreundlichen Agierens.

6.11
Die Linie zum Erfolg führt unbedingt an Mir vorbei, damit Ich sie befruchte und ihr die nötige Bedeutsamkeit verleihe.

Was du erprobt hast, scheint sich immer besser anzulassen, bis es plötzlich völlig in die Hosen geht.

Du pflegst dich erst bei Mir zu melden, wenn Ich dir aus der Patsche helfen soll, geliebter Schwan.

Was sich liebt lässt für einmal auch ein Resultat einwenig ungrad sein.

Was verdorben ist, lässt sich schwerlich sachgerecht zusammenkleistern.

Wie vieles springt dir doch davon, weil du es aufscheuchst durch dein abergründiges Betragen.

Was kann dich wacher halten als die Helle, die von Mir zu dir erstrahlt.

Ich Bin, die Wahrheit zu verkünden und den Wahn zu bändigen, der weltweit durch den Menschengeist rumort.

Was aus Meinen Höhn herniederstrahlt; bewirkt Erstaunen, Offenheit für Ewiges und seinsbeglückendes Final.

Mit der Zeit zu gehn heisst, Meinem Ruf zu folgen in bewundernswürdiger Manier.

Was du mager findest, kann für Mich im selben Zug
auch trächtig sein von wunderbar gesättigten Ideen.

Was du zu wissen glaubst, ist meistens nur ein
Schatten dessen, was in Meinem Seinserkennen
aufstrahlt, zielgerichtet und entschieden

Was in dir wirkt, ist sicherlich der Abglanz dessen,
was Ich längst bewirkt und gutgeheissen habe.

Was du bändigst bringt dich unvermittelt
der Genossenschaft mit Mir entgegen.

Was du erreicht hast, ist in erster Linie
Mein Erreichen und erst in zweiter deins.

Was aufspringt fällt aus guten Gründen baldigst
wieder nieder und muss von Mir mit neuen Kräften
aufgeladen werden.

Ich bewerte nicht, damit Ich selber nicht von
irgendeinem Geck bewertet werde.

6.12
Was trichterst du dir ein, ohne es auf Herz und
Nieren auf Wahrhaftigkeit geprüft zu haben.

Ermanne dich, in Zukunft nur auf Mich zu hören und danach zu handeln, wie es sich für dich gehört.

Was Mir recht ist, soll auch dich aufs Innigste beglücken, alleweil auf frischer Tat.

Was wahrlich kunstvoll ist, wird auch so bleiben, weil es aus Mir hervorgeht und von Mir gepflegt wird, immerzu.

Ich Bin der Geist des Alls in holdseligem Erröten.

Eine Antwort auf die Frage der Allherrlichkeit ergibt sich aus Mir selbst im Seinserleben.

Ich Bin die Herrlichkeit des Herrn in
kindlichem Vertrauen.

Das Fabelhafte trägt sich durch die Zeit mit einem Königskrönchen.

Weißt du, wie Ich dich liebe und dein Bestes will in allen Situationen?

Ich ströme dir Vergebung, Kraft und Heilung entgegen, um dir gut zu sein auf Meine Art des Unterweisens.

Mit Meinem Schutz bewehrt wirst du den Tag in aller Ehre und Gerechtigkeit vollbringen.

Ich weihe dich dem Sein, in das du eh schon tüchtig eingebunden bist, nach Meinem wissenden Befehl.

Es liegt nun vor, dass alle deine Träume mild und wild Mein Herz bewegen zur Erfüllung ihrer sagenhaften Zahl.

Ich Bin des Gottes Herrlichkeit in linientreuer Aktion.

Was du zu besitzen scheinst,das hast du nur von Mir solange, bis es sich wieder in der Unergründlichkeit des Weltenlaufs verliert.

Ich merke auf, und du, du merkst es wieder, ob du Mich zum Zorn erregst, oder zur hauchzarten Liebe.

Was dich rettet, ist der Glaube an Mein Kommen in der Zeitennot.

Vielfältig ist das Inventar in Meinen götterlichten Händen

Was Ich von dir erfahre, ist Mir stets ein Zeichen der Vernunft, mitunter auch des kläglichen Versagens.

6.13

Ich riskiere nichts, du alles, auf der Fahrt ins ewige Gelingen.

Geht bei dir die Rechnung auf, so geht sie bei Mir unter durch dein Missverstehn.

Sprichst du von Rosen, kannst du ebenso von ihrem Duften was erzählen, in des Riechens Sinn und Flor.

Was trägst du schon mit dir davon, wenn es nicht in *Meiner* Esse kunstvoll rund geschmiedet ist zu deinen Gunsten.

Willst du wählen, wähle stets im Göttersinne, liebevoll selbander mit dem Meinen.

Was bringt dir rot, wenn Ich doch von dir blau will in des Seiens Wunschpaket.

Ich Bin dieser, du bist Jener, der nicht weiss, dass er es ist in seinem Mangel an Erkenntnis seiner Lage.

Untreu sollst du Mir nicht werden, treuherzig aber schon in deinem kindlichen Verlangen, Mehrwert zu erzeugen.

Was kann Ich dir noch posten, wo dir doch schon alles angehört, in deinem wachen Seinserleben.

Was fletschest du die Zähne, wo doch die Gefahr schon längst vorbei ist, Meiner Vorsicht wegen.

Triftige Gründe gibt es nicht, die dich davon enthalten, Mir die Ehre wie den nötigen Respekt zu garantieren.

Was kann es Neues für dich geben, deiner Jahreszahl gemäss? Für Mich noch all soviel, weil Ich dem Ewigen verwandt Bin im vergnügten Zeitenzählen.

Wer schaufelt, gräbt sich bald einmal das eigne Grab, wenn er nicht gewillt ist, zeitig aufzuhören.

Gibst du Gas, so ziehe Ich die Bremse, um dich vor dem Zuviel gutherzig zu bewahren.

Wen zwingst du in die Knie? Noch jeden Stümper, Mich aber nie.

Im satten Dich-Ereifern, magst du viele Punkte schinden, wo's aber um das Ein und Alles geht, muss dein blankes Nervenspiel versagen.

6.14

Ich empfinde Meine Gegenwart im Geistesparadies vor aller Augen.

Wovor Ich warne, ist der Abfall in das Reich der Irdischkeiten.

Mehr denn je sind Meine Geisteszüge auf das Übersinnliche gerichtet.

Wer noch staunen kann, staunt über den Begriff der Einheit aller Dinge im Allhier.

Wo ist deine Mitte, wenn nicht mitten in der Meinen.

Was du alleweil vermissest, Bin Ich im Sanktarium der blühenden Unendlichkeiten.

Credo in unum Deum und zwei Mass Vertrauen noch dazu.

Kategorisch nein sollst du nie sagen, das könnte dir einmal zugutekommen.

Wo du begonnen hast, wirst du auch wieder hin gehören, im Reich des Geistes, dessen Faktum und Verbindlichkeit Ich präsentiere.

Erbärmlich scheitern die, die immer nur das eine wollen: sich selber produzieren.

Dein Gutes mag schon überragend sein, überragender jedoch kann dich das Meine machen.

Deine erste wie die letzte Tour wird vorbei an Meinem Haushalt führen.

Chronisch sollst du Meinem Zugriff nicht entschlüpfen, Ich verlange nichts als Freundlichkeit von dir.

Wir hüllen dich in unsre Liebe ein von Michaels profunden Gnaden.

Der Ich Bin enthält dich künftig aller Sorgen im segenreichen Glücksgefühl, das Ich dir verströme.

Ich belebe dich mit Meines Geistes Grundsatz und Relieve im Weltensaal.

Was teile Ich dir mit, wenn sich die Weltereignisse verhängnisvoll und kritisch überschneiden? Ich habe sie nicht ausgelöst, will und kann sie aber heilen.

Mein Grundsatz lautet: Beuge nie das Knien vor Unbequemlichkeiten und halte dich an die berühmte Regel: Aufrecht gehn macht frei im Herzen.

Wo ist ein Wunder, dass es dich liebevoll und vollumfänglich heile?

Was du suchst, musst du dir selbst erfinden und was du findest, hast du immer schon gesucht.

Ich lege gern ein schmuckes Sätzlein für dich ein, wenn *du* es formulierst in guten Treuen.

Was treibt dich vor sich her, wenn nicht dein eigenes Bewusstsein von der Welt und ihren Kapriolen.

Im Niemandsland erblühn die schönsten Träume, von keinem Menschen je bedacht.

Wie bringe Ich's zustand, dass Meine Felder angesät und mit der Frucht in lichtes Gold verwandelt werden?

Auch dir muss es gelingen, mit der Freude und Geselligkeit auf gutem Fuss zu stehn.

6.15

Bist du erwacht, siehst du die Himmelssterne seliger glänzen.

Kaum der Rede wert ist, was du produzierst, wenn es nicht von Meiner Hand berührt und aufgepäppelt wurde.

Bleich bist du und unbeholfen, bevor du liebevoll in Meinem Sein errötest.

Gräbst du dich durch, wirst du am andern Ende Liebe, Licht und Frieden finden.

Im Stillesein ist alleweil des Lebens Sinnkraft und Relieve verborgen.

Was händigst du Mir aus, wenn Ich dich um eine Gabe bitte, in des Seins bescheidenem Verlangen.

Ich habe über dein Befinden recherchiert und dabei herausgefunden, dass es noch viel Luft in deine Federn einzufüllen gilt, bis du Flügge bist, dem reinen Sein entgegen.

Posthum wird sich dir alles neu und fabelhaft erzeigen, wenn es bis jetzt noch schal und fahrig schien.

So viel nur kann Ich dir besagen, dass es dir nützlich ist, das Köpfchen hoch zu halten für den Fall, dass Ich an ihm vorübergeh.

Mein Rat gilt auch für jene, die nicht viel mit Meinem Sein gemeinsam haben.

Trägst du dich mit dem Gedanken, mehr zu sein als du es bisher warst, so kann Ich dich galant auf die verwindungsfreie Strasse führen.

Wo der Wald beginnt, bist du des freien Blicks beraubt ins Feld und in die Himmelshöhn.

Bist du ein Muster an Geselligkeit, wirst du auch bald einmal die Meine spüren.

Wogegen wehrst du dich, wo doch feststeht, dass du gehst auf sinngemässen Spuren

Bist du weise, kommt dir immer in den Sinn, was zu tun ist, in des Lebens Liebelei und langgedehnten Horen.

7

Wind und Weh wird Mir

7.1

Wind und Weh wird Mir, wenn Ich daran denke, was noch zu vollbringen ist, bis alle, wenigstens im Ansatz, Meine Gegenwart verspüren.

Ehrlich und redlich sein ist vielen noch zuviel, in den mannigfachen Weltbezügen; wenn sie nur wüssten, wie teuer ihnen das noch kommen kann.

Ich bringe zeitig aufs Tapet, was auch zur Unzeit seinen Weg zu dir gefunden hätte.

Im lichten Blauen findet die Symbiose statt zwischen deinem wie auch Meinem Seinsgefühl.

Knapper kann es nimmer gehn in deiner Art, Mir Referenz und. Ehrfurcht zu erweisen.

Vorn und hinten bist du schon lädiert, wie soll Ich da noch einen Eingriff wagen?

Für wessen Kraut du knabberst, musst du im Ernstfall auf die Barrikaden gehn.

Runzle nur die Stirn, wenn dir von Mir etwas nicht passt, du wirst es schon einmal goutieren.

Lerne viel und lerne brav, es wird dir dereinst noch zur Wohlbekömmlichkeit gereichen.

Mir schwahnt, du könntest besser sein als jetzt, in deinem knauserigen Weltgestalten.

Wie tapfer du erträgst, was Ich dir mitten auf den Weg gegeben, denn es heilt dich von enormen Illusionen.

Du gehst Mir nicht verloren, wenn du dich auch noch so weit entfernt hast von der Mitte Meiner Welt, im Numinosen.

Ich verlange weiter nichts von dir, als pflichtbewusstes Schweigen.

7.2
Ich bewahre dich vor allem Übel
in der Hoffnung, dass du Mir`s nicht übel nimmst.

Ich garantiere dir, dass Meine Lehre einschlägt,
wo immer Ich sie in der Welt verbreite,
ins geöffnete Gehör.

Was bespielst du da? Ich hoffe, nur die
allerfeinsten Saiten, Meinem Wohlgefallen zu.

7.3
Was schälst du denn Kartoffeln, wo doch Äpfel
weit bekömmlicher wären.

Endlich eine Schar gewissenhafter Seelen,
die vor Mir Parade laufen im Gewitter der Gezeiten.

Wie kannst du da noch zögern, wenn *Ich* dir die
besten Brötchen auf dem Teller präsentiere.

So positiv geladen bist du schon,
und noch immer währt das pickelharte Ringen
um den Geistespol.

Mittel und Wege findest du immer,
um zu vollbringen, was dir schwahnt.

Nicht Meldepflichtig bist du gegenüber Mir und doch
zählt die Haltung, Meinem Sein entgegen.

Ich schwärme von den Rentnern, die ihr Sein
im letzten Augenblick begriffen haben.

Wo willst du hin, wenn es doch nur den einen Weg
gibt, Meinen Gärten zu?

Wer begreift dich besser als der, der Ich dir Bin,
in allen deinen Funktionen.

Wo beginnt und wo hört auf, was Ich empfohlen und
befohlen habe, wenn du für dich persönlich
keine Grenzen akzeptierst?

Willst du wirklich resignieren, wo dich doch der Sonnenschein ins Freie lockt und dir die Vöglein ihren Vers erzählen?

Magnetisch zieht sich alles an, was sich die Hände geben möchte und das Herz dazu.

Wie siehst du dich, sowie du dich in Mir erlebst? So wie ein Gast in der unendlichen Staffage.

Die Pflanze würde dich genug ernähren, doch zieht es dich den Rindern zu und diese ziehen dich hinab.

Donnerwetter, straff sind eine Züge und dein Schatten ist viel länger, als von Mir befohlen.

Pfannenfertig kannst du nichts von Mir erwarten, angebraten aber schon.

Gibst du dich lässig, lass Ich Meine Finger von dir fahren, denn Ich will sie nicht mit deiner Eigenart versehn.

Auf dem Zirkularweg kannst du von Mir nichts erwarten, wenn du aber mit Mir redest, schon.

Wo die Hunde Feste feiern, halte dich nicht auf, du könntest dort gebissen werden.

Trägst du jemand etwas nach, besinn dich gut,
es könnte Mir gewidmet sein.

Verlass dich nie auf schöne Worte,
gute Taten sind verlässlicher als sie.

Meinst du es gut, besinne dich darauf,
dass *Ich* es noch viel besser mit dir halte.

Gewähre Mir die Freiheit, Mich in jedem Fall für dich
und deine Werte zu entscheiden.

Gefällt es dir zu Haus, musst du nicht in die Ferne
gehn mit deiner Wünschelrute.

Nickst du ein, so Bin Ich willig, dich goldrichtig zu
belehren.

Die Hoffart kündet sich mit Glanz und Glorie an und
muss dann schmählich abziehn,
ohne Larve vor den Augen.

Was sollst du dir noch leisten, bevor du alles
ausgegeben? Mich zum guten Vetter zu gewinnen.

Hochgemut und tapfer sollst du deiner Wege gehn
in deines Lebens superprovisorischem Gepränge.

7.4

Kannst du lächeln, wenn dich die Lebenswinde
noch so wild umtosen?

Wie erträgst du, was dich Mir entgegenträgt
in so und soviel Inkarnationen?

Befehlen will Ich nicht, aber doch empfehlen, was
du tun sollst, um in Meinem grenzenlosen Lichte zu
erwachen.

Was Mich inspiriert, soll auch dir von Nutzen sein,
indem Ich es in allem Ernst vor dein Besinnen lege.

Ich lasse alles stehn und liegen, wenn du kommst
und Mir die Referenz erweisest,
die Meinem Ansehn auch gebührt.

Wie richtest du es sein, dass alle deine Träume sich
erfüllen? Indem du sie Mir anvertraust mit Bitten und
mit Klagen.

Ich mache Mich in Kontingenten schlau,
die Ich dem Menschenvolk gezielt verteile, damit es
vollends ausgelastet ist mit Meinen Infiltrationen.

Was riskierst du, wenn du Mir nahetrittst in deinem
gängigen Verfahren?

7.5

Und gibst du dich vertrauensvoll in Meiner
Arme Bund, kann Ich dir unverzüglich weiterhelfen
auf der Fahrt ins Glück der Sterne.

Wie erklär Ich`s dir am Besten, dass du nur dem
Sein vertrauen sollst in deinen Komplikationen?

Was Ich stets verwende, sind die Hände Meiner
Troubadure und geselligen Gestalter ihrer Welten,
die die Meinen sind, bei Licht besehn.

Wer schwärmt für was, ist hier zu fragen:
Du für dein Filet und Ich für das Weltertragen.

Was findest du mit Anstand vor und was willst du
hinter dir verlassen? Meiner Treu, Ich hoffe, keinen
Unrat auf den Blumenwiesen.

Die Legislatur mag noch so lange dauern, es kommt
dabei nicht viel heraus, ob dem selbstischen
Gerede.

Ein Brenner ist kein Renner, derweil er sich's
gemütlich macht mit einem Stumpen im Gebiss.

Wiborada schloss sich ein, um ihrer Seele Freiheit
zu gewähren und im Geist bei Mir zu sein.

Pünktlich komme Ich zu dir, damit du bei Mir punkten kannst im Sinn von Mehrwert an den Lebensdingen.

Was du von Mir vernimmst, ist immer wohlbegründet und aufs Äusserste loyal.

Was schenkt dir wohl am Meisten ein? Mein überragendes Gewissen, wie die Absicht, dich zu Mir emporzuführen.

Ich bring es auf den Punkt: Dein Seinsgewissen soll sich bis zu Mir ins Unergründliche erheben.

Die Postmoderne kündet sich schon jetzt mit aller Vorsicht an, indem die gängigen Begriffe schwinden und sich neue etablieren im Bewusstseinsareal.

Ich erzähle dir von Mir, als wär es immer so gewesen und mache damit alles neu in Meinem Sinn und Überlegen.

Wo sind die Kinder des Glücks zu finden? In der geistigen Heimstatt, die Ich Ihnen schon vor Zeiten liebevoll bereitet habe.

Was kostet es dich, nur für einmal wieder recht gehorsam, aufmerksam und tugendhaft zu sein in deinem kuriosen Flatterleben.

Was sind deine Künste, wenn sie nicht mit Mir
liiert sind mit erheblichem Gespür.

7.6

Mein Seinsprogramm ist klar umrissen, es umfasst
die kleinsten Kringel, wie des Universums Walten,
höchst feudal.

Mit den Meinen Partnerschaft zu pflegen,
ist Mir eine Pflicht und ein herzinniges Vergnügen.

Lässest du dich gehn, so fange Ich dich schleunigst
wieder ein mit Meines Willens Wucht
in Grossmanier.

Wie geruhst du dich zu pflegen, wenn die Mittel
grandios Verspätung haben? Mit dem Hilferuf an
Meiner Schwelle, seelenvoll, vertraulich und sakral.

Was wallt durch deine gute Stube, wenn nicht Mein
Segensruf an alle, die ihn sehnlich hören wollen.

Von A nach Überall will Ich dich tragen, wenn du nur
die Arme breitest zum riskanten Flug.

Konsterniert betrachtest du das Unheil, das du
angerichtet hast mit deinem wilden Streben. Sieh
Ich komme dir zu Hilfe mit der Engel liebevoller
Schar.

Petersilien sollst du kauen, damit dein Mundgeruch verfeinert wird und Mir genehm ist beim Parlieren.

Ich erlebe in dir, was du alleweil erlebst mit deinem Rudern, Dich-Bepudern und Den-frischen-Wind-Geniessen.

Solidarität mit Mir ist angesagt sowie die Hähne Frührot krähn, bis der Windhauch sich gelegt hat, in den Abendgründen.

Chlodwig liess es sich nicht nehmen, eine Masche aufzubauen, die nicht jedermann gefiel. Dann ist er einfach abgehauen ins haarsträubende Asyl.

Ich berichte nur, was Ich an Mir selbst erfahren, gutgeheissen und verewigt habe. Du hingegen zottelst her und hin und suchst dich ständig über alles zu beklagen.

Proklamationen sind für jene zu empfehlen, die das Mundstück an der falschen Stelle haben.
Klargesichtige Reden aber gibt es nur in Meinem lichterfüllten Wörterbuch.

Ich gedenke dein, wenn du dich häutest und läute dir den Frieden ein im langersehnten Paradies.

Wo kommst du her? Ich will es dir getreulich sagen:
Aus dem unermessnen Geistesmeer in Meinem
Allertragen.

7.7

Was soll Ich dir gestehn? Dass Ich dich kenne durch
und durch, so wie in Mich hineingespiegelt und für
alles offen, was Ich dir erkläre.

Wie geht das auf, was Ich in deinem Fall zu
unternehmen habe, um dich auf Meinen
Geistesweg zu führen?

Du liegst Mir sehr am Herzen, Kamerad und
baust dich auf und schwindest wieder unter
Schmerzen, derweil Ich dich für alle Zeit am Wickel
halte.

Wie willst du dich zu Mir gesellen, ohne jede gute
Tat? Und dennoch will Ich Mich an deine Seite
stellen, mit unendlich liebevollem Rat.

Orchestral führst du dich auf und bleibst doch
stumm in Meinem Sinne; das ist des Lebens bittrer
Lauf und ändert niemals Meine Minne.

Möchtest du kommunizieren, lade Ich dich dazu
herzlich ein und werde nimmer deinen Fall sistieren,
bis zu deinem Glücklichsein.

Ich werte auf, was immer Ich beim Wickel nehme und lass es nimmer laufen, bis es sich selber heimwärts führen kann.

Wie rasch sind deine Ziele doch erreicht, wenn du nur die Gnade hast, sie selbander mit Mir anzugehn.

Der Kosmos wird erleuchtet durch ein Geistesfeuer von unendlichem Format; das führt dich ins Bewusstsein Meiner übersinnlichen Struktur.

Was sich Mir bewusst entbietet, kann Ich ebenso gewinnend und beginnend mit dir teilen.

Wie lange willst du noch am Leben bleiben, ohne Mich gebührend estimiert zu haben?

7.8
Was gesund ist kann noch viel gesünder werden, wenn du es mit gütigen Gedanken und Empfindungen beseelst.

Fantasieren ist so gut, wie Meine Bürgen kontaktieren, um der Welt ein neues Gadget zu bescheren.

Was dich mit Mir verbindet, ist weit mehr als eine Lappalie, in der Übereinkunft, die wir miteinander pflegen.

Ich will dich Mores lehren, spricht der Chef den Lehrling an und übersieht dabei, dass auch er nicht aus dem Schneider ist, mit seinem händelsüchtigen Gebaren.

Wie würdest du wohl glücklich sein in Meinem wonnevollen Paradiese.

Ich Bin die Ruhe selbst in Meinem Mich-Verhalten und erkläre Mir das Leben als bewundernswert und schön.

Woran klammerst du dich, wenn du nicht vermagst, dich selber aufrecht zu erhalten? An den nächsten besten Strohhalm, ohne Meiner zu gedenken.

Wie tröstlich ist der Trost, den *Ich* dir jederzeit verleihen kann, wenn du dich nur daran erinnerst, Mich zum Beirat zu erwählen.

Besonders Attraktive neigen dazu, ihr Erscheinen in der Welt als ausserordentlich verehrenswert zu halten. In Meinen Augen aber kommen sie weit weniger galant davon.

Hieb und stichfest kann nur einer sein, der bei Mir gelernt hat, sich gefällig zu betragen.

Was kaust du noch Tabak, wo doch eine Pille rascher ins Delirium führen würde.

Ich kenne deine Flausen und weiss mit Ihnen bestens umzugehn, bis sie nichts mehr taugen.

Was köstlich ist an dir, bestätigt sich in deiner Eigenart, dich umzudrehn mit einem Lächeln auf den Zügen.

Wie soll Ich das begreifen, dass du nun von hinnen gehst, um von dannen wieder her zu kommen?

Ich spreche aus, was andere nicht wissen können, weil ihr Seinsbegriff nicht weiter als die Nasenspitze reicht in ihrem Sich-Empfinden.

Not tut vor allem eine gute Portion an Selbstvertrauen, das allmählich in ein Seinsvertrauen übergeht von allumfassendem Begaben.

Was dein Wollen anbetrifft, kann *Ich* dir manchen Rat erteilen, der dich straight away ins Bewusstsein Meiner Geistessphären führt.

Ich verschmelze das Geringe mit dem Hochheitsvollen in der Tat, die alles läutert und erhebt zur heiteren Glückseligkeit in Mir.

Ich erwarme an der wundertätigen Figur, die du darzustellen weisst, beseelt aus Meinen Gründen.

Wie stellst du es denn an, dass dir die Leute
ehrliche Bewunderung entgegenbringen beim
Begegnen im Bezirkslokal? Hoch erhobnen
Hauptes wandelst du einher, konkret auf Mich
bezogen.

Beliebt es dir, dem Volk mit Freimut zu begegnen,
will Ich dir aus Herzensgrund behilflich sein.

Wie kannst du nur so viel von Mir erwarten, ohne
auch das Deine voll Begeisterung dazuzugeben?

Immer handelt sich`s darum, die Gesetze wahren
Lebens zu erfüllen, in der Folgerichtigkeit des Seins
und Dich-Erlebens.

Der Prophet Bin *Ich*, innig an Mein Sein gebunden
in der himmelweiten Sphärenstrategie.

Wer stellt dich auf, wenn du der Sucht verfallen bist,
noch mehr zu wünschen, als du sollst?
Nur *Ich* auf deine wackeligen Beine.

Gingst du verloren, finde Ich dich,
selbst im letzten Winkel, ständig wieder.

Wohin du immer gehst, Ich pflege dich mit Inbrunst
zu begleiten mit der Sicht auf dein gebührend Wohl.

Womit du streitest stumpft sich merklich ab und muss von Mir mit aller Sorgfalt ausgebessert werden.

7.9

Was bereinigt ist, kann dir im Allgemeinen nicht mehr schaden, aber im Besonderen geh Ich dann doch noch vor.

Was wie viel kostet, musst du selber wissen; dann aber sollst du es zu kosten wissen in des Daseins köstlicher Mixtur.

Was sich wie Anton anhört, kam auch Friedrich sein, je nach dem Tonfall, den du ihm dazugegeben

Das Gesetz Bin Ich, nach dem du angetreten und nach dem du wieder abtrittst ins unendliche Gewahren.

Regst du dich noch auf, so kann Ich dir zu sagenhafter Ruhe und Gelassenheit verhelfen.

Das Wunder, dass du *Bist*, soll sich auch bei dir und deinem Sein ereignen.

Das Kreatürliche ist immer auch das Gottgegebene auf makellosen Sohlen.

Was immer sich ereignet, wird zu den Ereignissen in Meinem Umfeld und Gedankenspiel gezählt.

Nicht zu verwechseln ist, was Ich mit dir zusammen auf die Weltenschale lege.

Was dich beeindruckt, muss nicht immer Kaviar sein, es kann sich auch um blasse Tinte handeln, auf ein Pergament geschrieben.

Die Osterinseln suchst du auf dem stillen Ozean, Ostern aber kannst du nur im eignen Herzen finden.

Worüber willst du dich beklagen, wenn dir doch alles Nötige zum Leben zu Verfügung steht?

Es sind halt viele kleine Unbekömmlichkeiten, die dir den Zugang zum Unendlichen blockieren und dich im Trüben fischen lassen über das Wohin. Da weise Ich dir gern den Weg auf deinen Anruf hin.

7.10
Alternativen gibt es immer, wo die klugen Köpfe und Versicherer das Sagen haben, respektive denn bei Mir.

Manche zapfen an, andere sind erpicht darauf, das Fässchen leer zu trinken, ohne Rücksicht auf Verluste.

Ich schenke dir gern ein, doch auf deinen Zustand musst du selber achten.

Wenn du Mir glaubst, so hast du schon Bedeutendes auf deiner Fahrt ins Seelenglück gewonnen.

Wie vif auch immer deine Taten sind, die Meinen ziehen dir mit Vehemenz und Eleganz, Rechtschaffenheit und Redlichkeit davon.

Du strebst nach mehr, wohlan denn, Ich verheisse dir Beredsamkeit und züchtiges Schweigen, damit du deine Ziele widewitt erobern kannst.

Magst du Pflaumen, pflück *Ich* sie dir vom Baum herunter und erlabe damit deines Gaumens gloriose Sensibilität.

Gestern noch ein Zwerg, heute ein gefälliger der Weltensphären, alleweil in Mir.

Was bringst du auf die Waage? Ein paar Pfunde und der Rest ist Unvernunft in höchsten Graden.

Was klapperst du mit deinen Zähnen? Klappre lieber mit den Zehen, damit die Bodendecker auch was davon haben.

Begleichst du deine Schulden, kommen keine Gläubiger mehr auf deinen Hof und lassen dich die Herzensruhe mit Mir teilen.

Gestehst du Mir, wie wenig Meine Worte für dich taugen, kann Ich dich mit besseren bedienen.

Am Gedulden fehlt es nicht, doch sollst du alles oder nichts von Mir erwarten.

Ich rühme dich in alle Himmel auf, wenn du es fertig bringst, in Mir und Meiner Lehre bis ans Ende zu gelangen.

Ich schätze, was du Bist, in deinem Dich-an-Mich-Vergeben und Auf-deinem-guten-Recht-Bestehn.

Was *Ich* betreue lass Ich nimmer los und führe es gekonnt und liebevoll zu Meinen lichten Toren.

Was ist berechtigt, wenn nicht Meine Ansicht von des Seins Genügen für des Lebens Sinn und Zauberspiel.

7.11
Was bewegt sich hinter dir? Dein Schatten. Doch vor dir hast du dich schon längst als deines eignen Schattens Willkür und Vergänglichkeit entpuppt, wie als Perpetuum des Wunderbaren.

Nimm dich in Acht vor den Chaoten,
die Meinen Sockel unter dir zerbröseln wollen.

Meine Landschaft ist das Land Arkadien,
in dem sich's wohl sein lässt im Alles-Überbieten.

Das Gewissenhafte hängt bei dir an einem dünnen
Faden, den das Zeitliche zerreissen möchte im
zermürbenden Allhier.

Beginn und Ende sind bei Mir genau dasselbe
im Bedenken ihres Nichtigseins vor Mir.

Das Ehrliche ist immer mit dem Redlichen
verbunden, denen du die volle Wachheit
zuzuwenden hast.

7.12
Was verbindest du mit grandios und
weltumspannend? Immer nur das Eine:
Mich in Meiner Sensibilität, Natürlichkeit,
wie Meinem partnerschaftlichen Betragen.

Ich halte dich nicht auf, geb dir aber zu bedenken,
dass du nichts beschreiten sollst, was sich später
als ein Irrweg und Konfusium erweisen dürfte.

Mein Lebenswandel ist so süss, auch wenn Mich
dabei keine Füsse vorwärts tragen

Was belegst du für Fächer in der Schule der Vernunft, mit der Ich dich zu höchsten Ehren führen will?

7.13
Quillst du auf, so hab *Ich* dir den Quell verliehen mit der Absicht, deinen Mangel zu beheben.

Profimässig sollst du vorgehn, wenn es um Mich geht in der weiterführenden Synthese zweier Geisteskräftigen, die einander wundervoll verstehn.

Minutiös gehst du vor, um deines eignen Lebens willen, doch wie steht es um das Meine?

Bist du rüstig, kannst du Überragendes erleben, lahmst du, trifft dich zu allem Elend noch der Schlag.

Was Ich dir verehre, ist gerade das, was du Mir auch verehren solltest in des Lebens lustgesättigter Manier.

Polaritäten sind dazu da, sich gegenseitig aufzuheben, damit das Gleichgewicht besteht und Harmonie herrscht in des Lebens Lustpartie.

Bodenständigkeit ist sehr erwünscht in Meinen Geistesräumen, wo sich die Weltendinge allesamt vereinen.

Was verfrüht ist, wird von Mir zurückgehalten, was verspätet, wird beschleunigt, damit alles zeitgerecht zum Ziele kommt in Meiner universenweiten Strategie.

Ich erlaube Mir, was sich sonst niemand traut hervorzubringen: Eine show von überirdischer Gelassenheit und Sensibilität, Verfügbarkeit und grossgeschriebenem Bejahen.

Das geht ins Auge, was Ich so im Allgemeinen präsentiere und im Besondern noch viel mehr.

Wer sich in Mich vertieft, wird bald einmal und dann für immer seine eigne Tiefe finden.

Was Ich dir erkläre, kann auch Mir auf viele Weise Klarheit und Erleuchtung bringen.

Ich verschiebe das, was du nicht kannst,
weil du eben nichts zu schieben hast, in deinen mannigfachen Komplikationen.

Machst du es richtig, scheint es Mir noch lang nicht so und machst du du's besser, will Ich dich dafür aufs Trefflichste belohnen.

Wo segelst du mit deiner Barke hin? In Meine Bucht des Anstands und der sinngeladenen Manieren.

Binnen kurzem werdet ihr Mich wieder sehn im Geistgewande in den Himmelshöhn mit allem was Ich Bin und zu prästieren habe.

Was Gehorsam ist, kannst du im ersten wie im letzten Überblick wohl konstatieren, wie du dich konkret verhältst, musst du dir selber ins Gewissen schreiben.

Klopfst du bei Mir an, so öffne Ich dir Tür und Tor zur neuen Welt für deiner Seele.

Was war das schon?

Ein Hinweis auf Mein Kommen,
auf das Sein und wieder schwinden

Ludwig Weibel
Lebt in CH-9200 Gossau SG
www.das-sein.ch
ludwig.weibel@hispeed.ch